謝无量編

詩學指南

中華書局印行

序

予曩撰學詩入門一書，拘於程度，窘於邊幅，言而不文，略而不詳，僅僅爲初學說法也。繼念詩學流衍，廣大精深，充學者之希望，或不願一蹴即止者，誓當續有所述，以饜其得步進步之心。茲得安壽謝先生之詩學指南，而歎其實獲我心矣。先生本其心得，於詩之源流體格，用韻琢句之法，罔不親切著明，而議論純正，不主宗派；援引浩博，不事穿鑿。先生有云：『示人以形式，而使人自得於形式之外。』蓋規矩所在，巧即生焉；然則神而明之，變而通之，以求其廣大精深之所歸，不又在於善讀者歟！吳興皞皞子。

詩學指南

詩學指南

目次

詩學指南

第一章　詩學通論

第一節　詩之淵源

子夏詩序曰：『詩者，志之所之也。在心爲志，發言爲詩，情動於中而形於言。言之不足，故嗟歎之；嗟歎之不足，故永歌之；永歌之不足，不知手之舞之，足之蹈之也。情發於聲，聲成文，謂之音。治世之音安以樂，其政和；亂世之音怨以怒，其政乖；亡國之音哀以思，其民困。故正得失，動天地，感鬼神，莫近於詩。先王以是經夫婦，成孝敬，厚人倫，美教化，移風俗。故詩有六義焉：一曰風，二曰賦，三曰比，四曰興，五曰雅，六曰頌。上以風化下，下以風刺上，主文而譎諫，言之者無罪，聞之者足以戒，故曰風。至於王道衰，禮義廢，政教失，國異政，家殊俗，而變風變雅作矣。國史明乎得失之迹，傷人倫之廢，哀刑政之苛，吟詠情性，以風其上，達於事變而懷其舊俗者也。故變風發乎情，止乎禮義。發乎情，民之性也；止乎禮義，先王之澤也。是以一國之事，繫一人之本謂之風；言天下之事，形四方之風謂之雅。雅者，正也；言王政之所由廢興也。政有大小，故有小雅焉，有大雅焉。頌者，美盛德之形容，以其成功告於神明者也。是謂四始，詩之至也。』

子夏詩序，未言詩起於何時，然謂情志動而爲詩，則人生而有情志，詩之興固宜至早。沈約宋書謝靈運傳論曰：『民稟天地之靈，含五常之德，剛柔迭用，喜慍分情。夫志動於中，則歌詠外發。六義所因，四始攸繫，升降謳謠，紛披風什。雖虞夏以前，遺文不覩，稟氣懷靈，理無或異。然則歌詠所興，宜自生民始也。』此承詩序而論詩之起原也。

鄭康成詩譜序曰：『詩之興也，諒不於上皇之世；大庭、軒轅，逮於高辛，其時有亡，載籍亦蔑云焉。虞書曰：「詩言志，歌永言，聲依永，律和聲。」然則詩之道，放於此乎？』正義釋之曰：

『上皇之時，舉代淳朴，田漁而食，與物未殊；居上者設言而莫違，在下者羣居而不亂，未有禮義之敎，刑罰之威，爲善則莫知其善，爲惡則莫知其惡，其心既無所感，其志有何可言，故知爾時未有詩詠。』

又曰：

『大庭，神農之別號。大庭、軒轅，疑其有詩者，大庭以還，漸有樂器，樂器之音，逐人爲辭，則是爲詩之漸，故疑有之也。禮記明堂位曰：「土鼓蕢桴葦籥，伊耆氏之樂也。」注云：「伊耆氏，古天子號。」禮運云：「夫禮之初，始諸飲食，蕢桴而土鼓。」注云：「中古未有釜甑，而中古謂神農時也。」郊特牲云：「伊耆氏始爲蜡，蜡者爲田報祭。」案易繫辭稱神農始作耒耜，以敎天下，則田起神農矣。二者相推，則伊耆、神農，並與大庭爲一。（禮記載伊耆氏蜡辭曰『土反其宅，水歸其壑，昆蟲毋作，草木歸其澤』此已用韻，是詩之原。據正義此辭出神農時矣）大庭有鼓籥之器，黃帝有雲門之樂，至周尙有雲門，明其音聲和集。既能和集，必不空絃，絃之所歌，卽是詩也。』

正義稱神農時疑有詩，以樂器徵之，謂有樂然後有詩。據子夏序稱永歌嗟歎，聲成文謂之音，則有詩然後有樂。古史考謂伏羲作瑟，禮云女媧之笙簧，卽神農前已有樂器，故伏羲有駕辨之曲，（楚辭注）網罟之歌，（隋書樂志）其樂曰立基，曰扶來，（孝經緯）神農樂曰下謀，曰扶持，則詩之所興至遠，惟其辭不傳耳。呂覽稱葛天氏之樂，三人摻牛尾投足以歌八闋：一曰載民，二曰玄鳥，三曰遂草木，四曰奮五穀，五曰敬天常，六曰達帝功，七曰依帝德，八曰總萬物之極。

又但有篇名，其詞亦亡。故皇時詩歌之傳者，惟伊耆氏蜡辭，疑出於神農耳。

吳越春秋曰：『越王欲謀復吳，范蠡進善射者陳音；音，楚人也。越王請音而問曰：「孤聞子善射，道何所生？」音曰：「臣聞弩生於弓，弓生於彈，彈起於古之孝子，不忍見父母為禽獸所食，故作彈以守之；歌曰：斷竹，續竹；飛土，逐宍。(肉字)」』

文心雕龍曰：『斷竹黃歌，乃二言之始。』則以此歌在黃帝時，然黃帝時已有弓矢；弓緣弩而作，彈復在前，若然，此歌亦宜傳自皇時也。蓋民生而有悲愉之情，其發於聲音，自然有舒疾長短詠歎往復之和。是以文學起原，韻文必先於散文，樂又由詩而作者也。

黃帝之時，書契漸備，文體日多，後世書多記於黃帝者。大戴記載黃帝丹書曰：『敬勝怠者吉，怠勝敬者滅，義勝欲者從，欲勝義者凶。』莊子載黃帝時有焱氏頌；漢志有黃帝銘六篇。蔡邕銘論，稱黃帝有巾几之法，皇王大紀稱帝軒作輿几之箴，此皆韻文也。至於堯舜之世，當益有詩歌，堯有大唐之歌，舜之命夔，是詩教之始，而賡歌之詞，載於虞書；尸子又有舜南風歌；比興賦頌，自茲而作。夏商承之，其流未沫。周禮教六詩，卽是詩之六義；孔子錄詩，則自商始。孔穎達毛詩正義曰：

『比、賦、興之義，有詩則有之。唐虞之世，治致升平；周於太平之世，無諸侯之風，則唐虞之世必無風也。雅雖王者之政，乃是太平前事，以堯舜之聖，黎民時雍，亦似無雅。於六義之中，唯應有頌耳。夏在制禮之後，不復面稱目諫，或當有雅。夏氏之衰，昆吾作霸，諸侯彊盛，或當有風，但篇章泯滅，無以言之。六藝論云：「唐虞始造其初，至周分爲六詩，據周禮成文而言之，詩之六義，非起於周也。」』

此自有詩以至六義所起之大略也。

詩雖有六義，而孔子所敍，實僅風、雅、頌。詩正義曰：

『鄭志張逸問，何詩近於比、賦、興？答曰：比、賦、興，吳札觀詩，已不歌也。孔子錄詩，已合風、雅、頌中，難復摘別，篇中義多興。逸見風雅頌有分段，以爲比、賦、興亦有分段，謂有全篇爲比，全篇爲興，欲鄭指摘言之。鄭以比、賦、興者，直是文辭之異，非篇卷之別，故遠言從本來不別之意，言吳札觀詩已不歌，明其先無別體，不可歌也。孔子錄詩，已合風、雅、頌中，明其先無別體，不可分也。元來合而不分，今日難復摘別也。言篇中義多興者，以毛傳於諸篇之中，每言興也；以興在篇中，言比賦亦在篇中，故以興顯比賦也。若然，比、賦、興元來不分，則唯有風、雅、頌三詩而已。』

據上說，則六義並在諸詩中，要所謂四始，則僅限於風、雅、頌，及風、雅寢聲，而後比、賦、興之義又顯矣。

屈原作離騷於詩亡之後，說者以為兼風雅之旨，然其體實是賦也；故漢志敘屈原賦二十五篇，以為賦者古詩之流也。賦中每兼有比興義，後世為詩，劣於風雅，而近於比、賦、興，是詩之變也。由屈宋至於漢世，賦體最盛。當時又有五言、七言，五言之作尤廣，唐以來則五七言並尙於世，特以五七言名為詩，而賦別為一體。然所謂詩之體，要不出比、賦、興也。鍾嶸詩品嘗論之曰：

『夫四言文約意廣，取效風騷，便可多得，每苦文繁而意少，故世罕習焉。五言居文辭之要，是衆作之有滋味者也，故云會於流俗；豈不以指事造形，窮情寫物，最為詳切者耶？故詩有六義焉：一曰興，二曰賦，三曰比。文已盡而意有餘，興也；因物喻志，比也；直書其事，寓言寫物，賦也。弘斯三義，酌而用之；幹之以風力，潤之以丹彩；使味之者無極，聞之者動心，是詩之至也。若專用比興，則患在意深，意深則辭躓；若但用賦體，則患在意浮，意浮則文散;嬉成流移,文無止泊,有蕪漫之累矣。』此以五言能兼用比賦興體,當時五言方盛,七言未行,故不及七言也;要之後世之詩,並函六義中之比、賦、興三義者也。

詩教所包至廣,其流益多,後世所通行五七言之詩,中具有比賦興三義,而賦則別成一體。漢以來賦體亦屢變,自有法度,今日爲之者已少,故不復論。詩經率用四言,論者又惟以五言所由興,爲詩體之成;五七言雖但有比、賦、興,要亦是詩之正義。孔子曰:『詩可以觀,可以興,可以羣,可以怨。』是專論比賦興也。鍾嶸詩品曰:

『若乃春風春鳥,秋月秋蟬,夏雲暑雨,冬月祁寒,斯四候之感諸詩者也。嘉會寄詩以親,離羣託詩以怨;至於楚臣去境,漢妾辭宮,或骨橫朔野,或魂逐飛蓬,或負戈外戍,或殺氣雄邊,寒客衣單,孀閨淚盡。又士有解佩出朝,一去忘返,女有揚蛾入寵,再盼傾國。凡斯種種,感蕩心靈,非陳詩何以展其義,非長歌何以騁其情?故曰「詩可以羣,可以怨。」使窮賤易安,幽居靡悶,莫尚於詩矣。』

然比、賦、興本發於情,情有所感而後動。司馬遷曰:『詩三百篇,大抵賢聖發憤之所爲作也,』情之發而正者，斯其詩列於風、雅、頌。比、賦、興固在風、雅、頌中，亦即謂風、雅、頌出於比、賦、興中也。有比、賦、興則所以宣其情者無所不盡。故曰：比、賦、興是詩之正義也。

後世稱詩，恆溯五言之始，然詩經中自有五言，但非全篇；全篇爲五言，大抵始於秦漢之際，而說者不同。七言亦起於漢世，鍾嶸詩品曰：

『氣之動物，物之感人，故搖蕩性情，形諸舞詠；欲以照燭三才，輝麗萬有，靈祇待之以致饗，幽微藉之以昭告。動天地，感鬼神，莫近於詩。昔南風之辭，卿雲之頌，厥義夐矣。夏歌曰：「鬱陶乎予心」；楚謠云：「名余曰正則。」雖詩體未全，然略是五言之濫觴也。逮漢李陵，始著五言之目。古詩渺邈，人代難詳，推其文體，固是炎漢之制，非衰周之倡也。自王、揚、枚、馬之徒，詞賦競爽，而吟詠靡聞。從李都尉迄班婕妤，將百年間，有婦人焉，一人而已。』

文心雕龍述詩之起源尤詳，其明詩篇曰：

『大舜云：「詩言志，歌永言。」聖謨所析，義已明矣。是以在心爲志，發言爲詩，舒文載實，其在茲乎，詩者持也，持人情性。三百之蔽，義歸無邪，持之爲訓，有符焉爾。人稟七情，應物斯感，感物吟志，莫非自然。昔葛天氏樂辭云：「玄鳥在曲；」黃帝雲門，理不空綺。至堯有大唐之歌，舜造南風之詩，觀其二文，辭達而已。及大禹成功，九序惟歌；太康敗德，五子咸怨；順美匡惡，其來久矣。自商暨周，雅頌圓備，四始彪炳，六義環深。子夏監絢素之章，子貢悟琢磨之句，故商賜二子，可與言詩。自王澤殄竭，風人輟采，春秋觀志，諷誦舊章，酬酢以爲賓榮，吐納而成身文。逮楚國諷怨，則離騷爲刺；秦皇滅典，亦造仙詩。漢初四言，韋孟首唱，匡諫之義，繼軌周人。孝武愛文，柏梁列韻，嚴馬之徒，屬辭無方。至成帝品錄，三百餘篇，朝章國采，亦云周備。而辭人遺翰，莫見五言；所以李陵班婕妤見疑於後代也。按召南行露，始肇半章；孺子滄浪，亦有全曲；暇豫優歌，遠見春秋；邪徑童謠，近在成世；閱時取證，則五言久矣。又古詩佳麗，或稱枚叔；其孤竹一篇，則傅毅之詞，比采而推，兩漢之作乎？觀其結體散文，直而不野，婉轉附物，怊悵切情，實五言之冠冕也。』

雕龍之說，與詩品相出入。大抵五言之祖，世並稱古詩十九首及蘇李之作。然自是以前，亦有五言全篇；楚漢春秋載虞姬垓下歌，困學紀聞以爲是五言全篇之始，蓋答項羽虞兮之歌也。其辭曰：

漢兵已略地，四面楚歌聲；大王意氣盡，賤妾何聊生！

右是五言全篇，至七言全篇，則始於漢武帝之柏梁聯句，今錄之如下；

柏梁詩 元封三年作柏梁臺詔羣臣二千石有能爲七言詩乃得上坐

日月星辰和四時。（帝）驂駕駟馬從梁來。（梁孝武王）郡國士馬羽林材。（大司馬）
總領天下誠難治。（丞相石慶）和撫四夷不易哉！（大將軍衞青）刀筆之吏臣執之。（御
史大夫兒寬）撞鐘伐鼓聲中詩。（太常周建德）宗室廣大日益滋。（宗正劉安國）周衞交
戟禁不時。（衞尉路博德）總領從官柏梁臺。（光祿勳徐自爲）平理請讞決嫌疑，（廷尉杜周）
修飾輿馬待駕來。（太僕公孫賀）郡國吏功差次之。（大鴻臚壺充國）乘輿御物主治之。
（少府王溫舒）陳粟萬石揚以箕。（大司農張成）徼道宮下隨討治。（執金吾中尉豹）三輔
盜賊天下危。（左馮翊盛宣）盜阻南山爲民災。（右扶風李成信）外家公主不可治。（京兆尹）
椒房率更領其材。（詹事陳掌）蠻夷朝賀常舍其。（典屬國）柱枅欂櫨相枝持。（大匠）枇
杷橘栗桃李梅。（太官令）走狗逐兔張罘罳。（上林令）齧妃女脣甘如飴。（郭舍人）迫窘
詰屈幾窮哉！（東方朔）

五七言詩，皆出於漢世，當時又有新聲樂府諸體，爲後世古詩之宗矣。至於律詩之源，則在聲律進步之後，大率成於永明諸子，以後益加綺密也。沈約宋書謝靈運傳論，敍風騷以至漢魏文詞之三變，逮於宋之顏謝，而綜論之曰：

『若夫敷衽論心，商榷前藻，工拙之數，如有可言。夫五色相宣，八音協暢，由乎玄黃律呂，各適物宜。欲使宮羽相變，低昂互節。若前有浮聲，則後須切響。一簡之內，音韻盡殊；兩句之中，輕重悉異。妙達此旨，始可言文。至於先士茂制，諷高歷賞，子建函京之作，仲宣灞岸之篇，子荊零雨之章，正長朔風之句，竝直舉胸情，非傍詩史，正以音律調韻，取高前式。自靈均以來，多歷年代，雖文體稍精，而此祕未覩。至於高言妙句，音韻天成，皆暗與理合，匪由思至。張蔡曹王，曾無先覺；潘陸顏謝，去之彌遠。世之知音者，有以得之。』

蓋沈約與王融、謝朓諸人，始精協四聲爲詩，是律體所肇也。今人爲詩，其大別爲古體、律體，故略述其源於此。

第二節　詩體論

古之六詩曰風，曰賦，曰比，曰興，曰雅，曰頌。以後其流二十有四。元稹自序樂府曰：『詩迄於周，離騷迄於楚，是後詩之流爲二十四名，賦、頌、銘、贊、文、誄、箴、詩、行、詠、吟、題、怨、歎、章、篇、操、引、謠、謳、歌、曲、詞、調，皆詩人六義之餘。』而後世廣之，仍不止此，則詩之體可謂多矣。

至於詩句字數多寡，由三言以至九言，皆源於詩經。摯虞文章流別論曰：『詩之流也，有三言、四言、五言、六言、七言、九言。古詩率以四言爲體，而時有一句二句，雜在四言之間，後世演之，遂以爲篇。古詩之三言者，「振振鷺，鷺于飛」之屬是也；五言者，「誰謂雀無角，何以穿我屋」之屬是也；六言者，「我姑酌彼金罍」之屬是也；七言者，「交交黃鳥止于桑」之屬是也；九言者，「泂酌彼行潦挹彼注茲」之屬是也。』（按流別論未列八言，詩經「我不敢效我友自逸」是八言之屬也）夫詩雖以情志爲本，而以成聲爲飾，然則雅音之韻，四言爲正，其餘雖備曲折之體，而非詩之正也。自來論詩體者，以嚴滄浪爲最詳，今略掇其說於後：

『風雅頌既亡，一變而爲離騷，再變而爲西漢五言，三變而爲歌行雜體，四變而爲沈宋律詩。五言起於蘇武李陵，（或云枚乘）七言起於漢武柏梁，四言起於漢楚王傅韋孟，六言起於漢司農谷永，三言起於晉夏侯湛，九言起於高貴鄉公。

滄浪之說，其溯源皆自詩經以下，故所論如此。又分古今體製百有餘體，雖止於宋世，然詩體至宋已大備，故具錄之。大抵滄浪辨詩體，大綱有九，茲以類系之，參取原註，略爲損益焉。

一　以時分體者：

(一)建安體　漢末年號。曹子建父子，及鄴中七子之詩。

(二)黃初體　魏年號與建安相接，其體一也。

(三)正始體　魏年號。嵇阮諸公之詩。

(四)太康體　晉年號。左思潘岳三張二陸諸公之詩。

(五)元嘉體　宋年號，顏鮑謝諸公之詩。

(六)永明體　齊年號。齊諸公之詩。

(七)齊梁體　通兩朝言之。

(八)南北朝體　通魏周而言之，與齊梁體一也。

(九)唐初體　唐初猶襲陳隋之體。

（一〇）盛唐體　景雲以後，開元天寶諸公之詩。
（一一）大曆體　大曆十才子之詩。
（一二）元和體　元白諸公之詩。
（一三）晚唐體　晚唐諸公之詩。
（一四）元祐體　蘇黃陳諸公之詩。
（一五）江西宗派體　山谷爲之宗。
二　以人分體者：
（一）蘇李體　蘇武李陵之詩。
（二）曹劉體　曹子建劉公幹之詩。
（三）陶體　陶淵明之詩。
（四）謝體　謝靈運之詩。
（五）徐庾體　徐陵庾信之詩。
（六）沈宋體　沈佺期宋之問之詩。

（七）陳拾遺體　陳子昂之詩。
（八）王楊盧駱體　王勃、楊炯、盧照鄰、駱賓王之詩。
（九）張曲江體　張九齡之詩。
（一〇）杜少陵體　杜甫之詩。
（一一）李太白體　李白之詩。
（一二）高達夫體　高適之詩。
（一三）孟浩然體　孟浩然之詩。
（一四）岑嘉州體　岑參之詩。
（一五）王右丞體　王維之詩。
（一六）韋蘇州體　韋應物之詩。
（一七）韓昌黎體　韓愈之詩。
（一八）柳子厚體　柳宗元之詩。又與韋應物並號韋柳體
（一九）李長吉體　李賀之詩。

(二〇)李商隱體　即西崑體。
(二一)盧仝體　盧仝之詩。
(二二)白樂天體　白居易之詩。又與元稹同號元白體。微之、樂天，其體一也。
(二三)杜牧之體　杜牧之詩。
(二四)張籍王建體　謂樂府之體同也。
(二五)賈浪仙體　賈島之詩。
(二六)孟東野體　孟郊之詩。
(二七)杜荀鶴體　杜荀鶴唐風集之詩。
(二八)東坡體　蘇軾之詩。
(二九)山谷體　黃庭堅之詩。
(三〇)后山體　陳師道之詩。師道本學杜，其語之似者但數篇，他或似而不全，又
其他則本其自體耳。
(三一)王荊公體　荊公絕句最高，其詩得意處，高出蘇黃陳之上；而與唐人尙隔

一關

(三二)邵康節體　康節擊壤集詩自成一體。

(三三)陳簡齋體　陳去非與義也亦江西之派而小異。

(三四)楊誠齋體　其初學半山后山;最後亦學絕句於唐人已而盡廢諸家之作,而別出機杼,蓋其自序如此。

三　以風格分體者:

(一)選體　選詩時代不同,體製隨異,今人例用五言古詩爲選體。

(二)柏梁體　漢武帝與羣臣共賦七言每句用韻,後人謂此體爲柏梁。

(三)玉臺體　玉臺集乃徐陵所序,漢魏六朝之詩皆有之或者但謂纖豔者爲玉臺體,其實不然。

(四)西崑體　卽李商隱體然兼溫庭筠及宋楊劉諸公而名之也。

(五)香奩體　韓偓之詩,有裙裾脂粉之語有香奩集。

(六)宮體　梁簡文傷於輕靡,時號宮體。

四　以篇章分體者：

（一）古詩　即古體詩。

（二）近體　卽律詩。

（三）後章字接前章體　文選曹子建贈白馬王彪之詩是也。

（四）四句相通體　如少陵『神女峯娟妙，昭君宅有無曲留明怨惜，夢盡失歡娛』是也。

（五）絕句折腰體　謂中失黏而意不斷，如王維『渭城朝雨浥淸塵』一首是也。

（六）八句折腰體　亦謂中失黏而意不斷者，但有八句耳。

（七）擬古體　魏晉以下，多擬古之作。

（八）聯句體　聯句始於式微之詩，列女傳說，後世多以柏梁爲始也。

（九）集句體　集古人成句爲詩，此始於傅咸七經詩也。

（一〇）分題體　古人分題，或賦一物，如云某人分題得某物也，亦曰探題。

（一一）古律體　陳子昂及盛唐諸公多此體。

(一二)今律體　即當時律詩。此下尚有頷聯、發端、落句等體，今略之。

五　以句法分體者：

(一)絕句體　即五七言絕句詩。

(二)雜言體　即長短句詩。

(三)三五七言體　自三言而終以七言，隋鄭世翼有此詩。

(四)半五六言體　晉傅休奕『鴻雁生塞北』之篇是也。

(五)一字至七字體　唐張南史雪、月、花、草等篇是也。

(六)三句歌體　漢高祖大風歌是也。古華山畿二十五首，各三句之詞，其他古人詩多如此者。

(七)兩句歌體　荊卿之易水歌是也。又古詩青驄白馬共戲樂女兒子之類，皆兩句。

(八)一句歌體　漢書『抱鼓不鳴董少平』一句之歌也。又漢童謠：『千乘萬騎上北芒』梁童謠：『青絲白馬壽陽來，』皆一句也。

六　以題目分體者：

（一）口號　或四句，或八句。

（二）歌行　古有鞠歌行、放歌行、長歌行、短歌行，又有單以歌名者，單以行名者。

（三）樂府　漢武帝定郊祀，立樂府，採齊楚趙魏之聲，以入樂府，以其音調可被於絃歌也。樂府俱備諸體，兼統衆名也。

（四）楚詞　屈宋以下，倣楚詞體者，皆謂之楚詞。

（五）琴操　古有水仙操，辛德源所作；別鶴操，高陵牧子所作。

（六）謠　沈炯有獨酌謠，王昌齡有鎣篌謠，穆天子傳有白雲謠也。

（七）吟　古詞有隴頭吟，樂府有梁父吟，相如有白頭吟。

（八）詞　文選有漢武秋風詞，樂府有木蘭詞。

（九）引　古曲有霹靂引、走馬引、飛龍引。

（一〇）詠　文選有五君詠，唐儲光羲有羣鴟詠。

（一一）曲　古有大隄曲，梁簡文有烏栖曲。

(一二)篇　文選有名都篇、京洛篇、白馬篇。

(一三)唱　魏明帝有氣出唱。

(一四)弄　古樂府有江南弄。此下有長調短調四聲八病

(一五)歎　古詞有楚妃歎，明君歎。

(一六)怨　文選有四怨，樂府有獨處怨。

(一七)樂　齊武帝有估家樂，朱臧質有石城樂。

(一八)別　杜子美有無家別、垂老別、新婚別。

(一九)思　太白有靜夜思。

七　以韻分體者：

(一)全篇雙聲疊韻　東坡經字韻詩是也。

(二)全篇字皆平聲　天隨子夏日詩四十字皆平聲，又有一句全平聲，一句全仄聲。

(三)全篇字皆仄聲　梅聖俞『酌酒與婦飲』之詩是也。

(四)律詩上下句雙用韻　第一句第三五七句押一仄韻，第二句第四六句押一平韻，唐章碣有此體不足爲法。又有四句平入之體四句仄入之體，無關詩道，今皆不取。

(五)轆轤韻　雙入雙出。其式見後章格式

(六)進退韻　一進一退。

(七)古詩一韻兩用　文選曹子建美女篇用兩難字；謝康樂述祖德詩，用兩人字；其後多有之。

(八)古詩一韻三用　文選任彥昇哭范僕射詩，三用情字。

(九)古詩三韻六七用　古焦仲卿妻詩是也。

(一〇)古詩重用二十許韻　焦仲卿妻詩是也。

(一一)古詩旁取六七韻　韓退之『此日足可惜』篇是也。凡雜用東、冬、江、陽、庚、青六韻，歐陽公謂退之遇寬韻，則故旁入他韻非也；此乃用古韻耳。

(一二)古詩全不押韻　古採蓮曲是也。

(一三)律詩至百五十韻　少陵有百韻律詩，樂天亦有之，而宋王黃州有百五十

韻五言律。按明人排律有至二百餘韻者不僅百五十韻也

（一四）律詩止三韻　唐人有六句五言律，如李益詩：『漢家今上郡，秦塞古長城。有日雲常慘，無風沙自驚。當今天子聖，不戰四夷平』是也。

（一五）分韻　古人常有分韻得某字詩是也。

（一六）用韻　和人詩用其同韻而不句句和韻也。

（一七）和韻　此當是指句句和韻，亦云次韻也。

（一八）借韻　如押四支，可借五微或八齊一韻也。此下尚有協韻今韻古韻等體今略之

八　以對句分體者：

（一）十字對　劉脊虛『滄浪千萬里，日夜一孤舟』是也。又有十字句，如常建『曲徑通幽處，禪房花木深』是也。

（二）十四字對　劉長卿『江客不堪頻北望，塞鴻何事又南飛』是也。又有十四字句：如崔灝『黃鶴一去不復返，白雲千載空悠悠』太白『鸚鵡西飛隴山去，芳洲之樹何青青』是也。

(三)扇對　又謂之隔句對，如鄭都官『昔年共照松溪影，松折碑荒僧已無，今日還思錦城事，雪銷花謝夢何如』等是也。蓋以第一句對第三句第二句對第四句。

(四)借對　孟浩然『廚人具雞黍稚子摘楊梅』太白『水春雲母碓，風掃石楠花；』少陵『竹葉於人既無分，菊花從此不須開』是也。

(五)就對　又曰當句有對，如少陵『小院迴廊春寂寂，浴鳧飛鷺晚悠悠；』李嘉祐『孤雲獨鳥川光暮，萬景千山一氣秋』是也。

(六)律詩徹首尾用對　少陵多此體，不可概舉。

(七)律詩徹首尾不用對　盛唐諸公有此體，如孟浩然詩：『挂席東南望，青山水國遙。舳艫爭利涉，來往接風潮。問我今何適？天台訪石橋。坐看霞色晚，疑是石城標。』李太白『牛渚西江夜』之篇，皆文從字順，音韻鏗鏘，八句皆無對偶。

九　雜體：

(一)風人體　上句述一語，下句釋其義，如古子夜歌讀曲歌之類，多用此體。

(二)盤中詩體　玉臺集，蘇伯玉妻作盤中詩，寫之盤中，屈曲成文也。

此上尚有藳砧、體五雜俎體、兩頭纖纖等，此並樂府別體，略之。

(三)迴文體　迴文起於竇滔妻蘇蕙，織錦以寄其夫也。

(四)反覆體　舉一字而誦，皆成句，無不押韻，反覆成文也。原註「李公詩格有此二十字詩」

(五)離合體　字相拆合成文，孔融「漁父屈節」之詩是也。

(六)句首冠字體　鮑明遠有建除詩，詩每句首冠以建除平滿等字。其詩雖佳，實不足學。蓋鮑本工詩，非因建除之體而佳也。

此下又有字謎、人名、卦名、數名、藥名、州名之詩，滄浪以爲止成戲論，不足爲法也。又云：「又有六甲十屬之類，及藏頭歇後等體，今皆削之。」

滄浪所分詩體，或病其太繁；然若更詳分之，且猶可繁於此。今僅錄滄浪所以分體者，以其頗爲後世論詩法者所據也。滄浪分體，蓋往往本之當時之李公詩格及惠洪天廚禁臠，而削其未合者。至滄浪所未論，當時與楊誠齋齊名者，有陸放翁體，范石湖體，有永嘉四靈體，宋末有月泉吟社體，金有元遺山體，元有虞楊范揭四家體，明有吳中四傑體，有李東陽體，有李崆峒何大復體，有王李七子體，有袁宏道之公安體，有鍾譚之竟陵體，清有吳梅村體，有王漁洋體，此蓋稱其最著者，其餘紛紛不可勝數也。詩體之變，如是而已。

至於古今作家品藻之詞，不可勝錄，茲略論一二最著者附之於此。自蘇李始創五言，古詩十九首，玉臺新詠以其八首爲枚乘作，此後西京爲五言者，惟班婕妤而已。東京以下，鍾嶸嘗論之，其言曰：

『東京二百載中，惟有班固詠史，質木無文，致降及建安，曹公父子，篤好斯文；平原兄弟，鬱爲文棟，劉楨王粲，爲其羽翼，次有攀龍託鳳，自致於屬車者，蓋將百計，彬彬之盛，大備於時矣。爾後陵遲衰微，訖於有晉，太康中，三張二陸兩潘一左，勃爾復興，踵武前王，風流未沫，亦文章之中興也。永嘉時，貴黃老，尙虛談，於時篇什，理過其詞，淡乎寡味。爰及江表，微波尙傳，孫綽許詢，桓、庾諸公，皆平典似道德論，建安之風盡矣。先是郭景純用儁上之才，創變其體；劉越石仗清剛之氣，贊成厥美；然彼衆我寡，未能動俗。逮義熙中，謝益壽斐然繼作；（當時陶淵明詩亦別爲一體是古今隱逸詩人之宗也）元嘉初，有謝靈運，才高詞盛，富豔難蹤，固已含跨劉郭，陵轢潘左。故知陳思爲建安之傑，公幹仲宣爲輔；陸機爲太康之英，安仁景陽爲輔；謝客爲元嘉之雄，顏延年爲輔；此皆五言之冠冕，文詞之命世。』

自元嘉以後，則永明聲律之體最盛，其風被於梁陳，而唐人律體之所祖也。鍾嶸又曰：

『齊有王元長者，嘗謂余云「宮商與二儀俱生，自古詞人不知之，唯顏憲子乃云律呂音調，而其實大謬；唯見范曄、謝莊乃識之耳。」常欲進知音論，未就。王元長創其首，謝朓、沈約揚其波；三賢或貴公子孫，幼有文辨，於是士流景慕，務爲精密，襞積細微，專相淩架。』

此述聲律體之所由始也。及徐、庾承風，益增婉麗；唐世有上官、四傑、沈、宋諸體，並能精研聲律，發爲詞翰者矣。

唐時不好聲律體而專慕古道者，有陳子昂；至李杜出，遂奄有前古諸體，齊名當世。惟元微之作杜子美墓誌，優杜而劣李，其說曰：

『余讀詩至杜子美，而知古人之才，有所總萃焉。始唐虞時，君臣以賡歌相和，是後風人繼作，歷夏商周千餘年，仲尼緝拾選練，取其干預教化之尤者三百篇，其餘無聞焉。騷人作而怨憤之態繁，然猶去風雅日近，尚相比擬。秦漢以來，采詩之官既廢，天下俗謠民謳，歌頌諷賦，曲度嬉戲之詞，亦隨時間作。至漢武帝賦柏梁詩，而七言之體具；蘇子卿李少卿之徒，尤工爲五言。雖句讀文律各異，雅鄭之音亦雜；而詞意闊遠，指事言情，自非有爲而爲，則文不妄作。建安之後，天下之士遭罹兵戰，曹氏父子，鞍馬間爲文，往往橫槊賦詩；故其遒壯抑揚怨哀悲離之作，尤極於古。晉世風概稍存，宋齊之間，教失根本，士以簡慢矯飾相尚，文章以風容色澤放曠精清爲高，蓋吟寫性情，流連光景之文也，意義格力無取焉。陵遲至梁陳，淫豔刻飾，佻巧小碎之極，又宋齊之所不取也。唐興，學官大振，而又沈、宋之流，研練精切，穩順聲勢，謂之律詩。由是而後，文體之變極焉。而又好古者遺近，務華者去實；效齊梁則不逮於晉魏，工樂府則力屈於五言，律切則骨格不存，閑暇則纖穠莫備。至於子美，所謂上薄風雅，下該沈、宋，言奪蘇、李，氣吞曹、劉，掩顏、謝之孤高，雜徐、庾之流麗；盡得古今之體勢，而兼人之所獨專矣。如使仲尼考鍛其旨要，尚不知貴其多乎哉！苟以爲能所不能，無可無不可，則詩人已來，未有如子美者。是時山東人李白，亦以奇文取稱，時人謂之李杜。余觀其壯浪縱恣，擺去拘束，模寫物象，及樂府歌詩，誠以差肩於子美矣。至若鋪陳終始，排比聲韻，大或千言，次猶數百，詞氣豪邁，而風調清深，屬對律切而脫棄凡近，則李尚不能歷其藩翰，況堂奧乎？』

此論出時人有不以爲然者。韓退之爲詩曰：『李杜文章在，光燄萬丈長；不知羣兒愚，那用故謗傷。蚍蜉撼大樹，可笑不自量。』或曰隱諷微之也。李杜以後，有大曆十才子，韓柳元白諸體；而李昌谷、賈浪仙、李義山，亦各成一家。張籍、姚合，傳律格詩；杜牧之亦有豪氣。宋初楊劉，宗義山，號西崑體，歐陽永叔、王荆公復一變縟麗之習；至於蘇黃崛起，詩格又變矣。

蘇子瞻、黃山谷，其詩並有名於當時；而山谷以下，獨爲有傳，號江西詩派。山谷詩亦學杜，而兼出於樂府。后山詩話曰：『唐人不學杜詩，惟唐彥謙與今黃庶、謝景初學之；魯直黃之子，謝之婿；其於二父，猶子美之於審言也。』後來江西派遂有一祖三宗之說：以杜甫爲一祖，山谷與陳后山、陳簡齋爲三宗。呂居仁作江西宗派圖，自山谷以降，列陳師道、潘大臨、謝逸、洪芻、饒節、僧祖可、徐俯、洪朋、林敏修、洪炎、汪革、李錞、韓駒、李彭、晁沖之、江端本、楊符、謝薖、夏倪、林敏功、潘大觀、何覬、王直方、僧善權、高荷，合二十五人，以爲法嗣，謂其源流皆出山谷也。其序略云：

『唐自李杜之出，焜耀一世，後之言詩者，皆莫能及；至韓柳孟郊張籍諸人，激昂奮厲，終不能與前作者並。元和以後至國朝，歌詩之作或傳者，多依效舊文，未盡所趣；惟豫章山谷始大出而力振之，抑揚反覆，盡兼眾體，而後學者同作並和；雖體製或異，要皆所傳者一。予故錄其名字以遺來者。』

漁隱叢話論之曰『竊謂豫章自出機杼，別成一家，清新奇巧，是其所長，若言抑揚反覆，盡兼衆體，則非也。元和至今騷翁墨客代不乏人；觀其英詞傑句，眞能發明古人不到處，卓然成立者甚衆；若言多依效舊文，未盡所趣，又非也。所列二十五人，其間知名之士，有詩句傳於世，爲時所稱道者，止數人而已；其餘無聞焉，亦濫登其列。居仁此圖之作，選擇弗精，議論不公，余是以辨之。』要之，山谷詩在北宋實獨成一大家；南渡以後，尤楊陸范四家，並承江西之餘緒，而小變其體者也。

至宋而詩體之變幾盡，元時競尚穠麗，而虞伯生獨爲大家。王漁洋曰：『元詩如虞道園，便非晚唐所及；楊鐵崖時涉溫李，其小樂府亦過晚唐。明初惟高青丘爲四傑之冠。何李既出，則古體必漢魏，律體必盛唐，然但是工於模擬耳。其後王世貞李于鱗，又承何李之緒，當時推之太過；要其規模甚好，亦未易及也。鍾譚尙尖新，益不足道』或以鍾譚王李優劣問漁洋，漁洋曰：『王李自是大方家；鍾譚餘分閏位，何足比擬。然虞山有言「王李以矜氣出之，鍾譚以昏氣出之，亦是定論。」』清初吳梅村特善歌行，雖用元白體，而縟麗過之。漁洋特主神韻，或譏爲「清秀李于鱗」，顧其體格意味，超然自遠，淸時亦未見其比也。

第三節　詩法論

作詩之法，古今論者甚多，文心雕龍體性篇言詩有八體：一曰典雅，二曰遠奧，三曰精約，四曰顯附，五曰繁縟，六曰壯麗，七曰新奇，八曰輕靡。其餘通變、情采、比興、物色、麗辭等篇，皆論詩法。自後諸家，各以所好立論；宋以來譏評文學之風大盛，而論詩法者益詳。自是著述有詩話之體，茲略述一二要語於此：

一　命意　大約爲詩先在命意。劉貢父詩話曰：『詩以意義爲主，文詞次之。意深義高，雖文詞平易，自是奇作。世人見古人語句平易，倣傚之而不得其意義，便入鄙野可笑。』蘇子瞻曰：『詩者，不可言語求而得，必將觀其意焉。故其譏刺是人也，不言其所爲之惡，而言其爵位之尊，車服之美，而民疾之，以見其不堪也。「君子偕老，副笄六珈；」「赫赫師尹，民具爾瞻」是也。其頌美是人也，不言其所爲之善，而言其容貌之盛，冠佩之華，而民安之，以見其無愧也。「緇衣之宜兮，敝予又改爲兮，」「服其命服，朱芾斯皇」是也。此推詩義以言之也。』陵陽室中語曰：『凡作詩須命終篇之意，切勿以先得一句一聯，因而成章，如此則意多不屬。然古人亦不免如此，如述懷卽事之類，皆先成詩而後命題者也。』又曰：『作詩必先命意，意正則思生，然後擇韻而用，如驅奴隸。此乃以韻承意，故首尾有序。今人非次韻詩，則遷意就韻，因韻求事，至於搜求小說佛書殆盡，使讀之者惘然不知其所以，良有自也。』

朱晦庵與陳文蔚說詩曰：『謂公不曉文義則不得，只是不見那好處。如昔人賦梅云：「疎影橫斜水淸淺，暗香浮動月黃昏。」這十四字，誰人不曉得，然而前輩直恁地稱嘆，說他形容得好是如何，這個便是難說；須要自得他言外之意，須是看得他物事有精神方好；若看得有精神，自是活動有意思，跳擲叫喚，自然不知手之舞之足之蹈之。這個有兩重，曉得文義是一重，識得意思好處是一重。』又論爲詩當有渾然意思，曰：『江西之詩，自山谷一變，至楊廷秀又再變，遂至今日，越要巧越醜差。楊大年輩文字雖要巧，然巧中自有渾然意思，便巧也使得不覺。歐公早漸漸要說出，然歐公詩自好，所以喜梅聖俞詩，蓋枯淡之中，自有意思。歐公最喜朝士送行兩句云：「曉日都門道，微涼苑樹秋。」又深喜常建兩句云：「曲徑通幽處，禪房花木深。」自言平生要學不得。今人都不識此意，只是要硬用事使難字便謂之好文字。』蓋命意須首尾相貫，而言外之意尤難也。

二　造語　意思既立，乃言造語。楊誠齋曰：『初學詩者須用古人好語，或兩字，或三字；如山谷猩猩毛筆「平生幾兩屐，身後五車書」，平生二字出論語；身後二字，晉張翰云：「使我有身後名。」幾兩屐，阮孚語；五車書，莊子言惠施。此四句乃四處合來。又「春風春雨花經眼，江北江南水拍天。」春風春雨，江北江南，詩家常用，杜云「且看欲盡花經眼」，退之云「海氣昏昏水拍天」，此以四字合三字，入口便成詩句，不至生硬，要誦詩之多，擇字之精，始乎摘用，久而自出肺腑，縱橫出沒，用亦可，不用亦可。』

呂氏童蒙訓論詩語當警策曰：『陸士衡文賦云：「立片言以居要，乃一篇之警策；」文章無警策則不足以傳世，蓋不能竦動世人。如老杜及唐人諸詩，無不如此。但晉宋間人，專致力於此，故失於綺靡而無高古氣味。老杜詩云：「語不驚人死不休。」所謂驚人語，即警策也。』然又忌用工太過。

蔡寬夫詩話云：『詩語大忌用工太過，蓋鍊句勝則意必不足；語工而意不足，則格力必弱，此自然之理也。「紅稻啄餘鸚鵡粒，碧梧棲老鳳凰枝。」可謂精切，而在其集中本非佳處，不若「暫止飛烏將數子，頻來語燕定新巢，」爲天然自在。其用事若「宓子彈琴邑宰日，終軍棄繻英妙時。」雖字字皆本出處，然比「今日朝廷須汲黯，中原將帥憶廉頗。」雖無出處一字，而語意自到。故知造語用事，雖同在一人之手，而優劣自異，信乎詩之難也。』造語貴乎簡妙。唐子西語錄曰：『唐人有詩云：「山僧不解數甲子，一葉落知天下秋。」及觀元亮詩云：「雖無紀曆記，四時自成歲。」便覺唐人費力。如桃源記言尚不知有漢，無論魏晉，可見造語之簡妙；蓋晉人工造語，而元亮其尤也。』

詩眼論造句務去陳言曰：『有一士人攜詩相示，首篇第一句曰十月寒者，余曰：「君亦讀老杜詩，觀其用月字乎？」其曰「二月已風濤，」則記風濤之早也；曰「因驚四月雨聲寒，」「五月江深草閣寒，」蓋不當寒；「五月風寒冷佛骨，」「六月風日冷，」蓋不當冷；「今朝臘月春意動，」蓋未嘗有春意。雖不盡如此，如「三月桃花浪，」「八月秋高風怒濤，」「閏八月初吉，」「十月江平穩」之類，皆不繫月則不足以實錄一時之事；若十月之寒境，無所發明，又不足記錄。退之謂惟陳言之務去，非必塵俗之言，止爲無益之語耳。』然吾輩文字如十月寒者多矣，方當共以爲戒也。

三　下字　造語之中下字尤要。漁隱叢話曰：『詩句以一字爲工，自然穎異不凡；如靈丹一粒，點鐵成金也。孟浩然云：「微雲淡河漢，疎雨滴梧桐。」上句之工，在一淡字，下句之工，在一滴字；若非此兩字，則烏得爲佳句哉！如陳舍人從易偶得杜集舊本，文多脫誤，至送蔡都尉云：「身輕一鳥，」其下脫一字，陳公因與數客各用一字補之，或云疾，或云落，或云起，或云下，或云度，莫能定，其後得一善本，乃是「身輕一鳥過，」陳公嘆服，余謂陳公所補四字不工，而老杜一過字爲工也。如鍾山語錄云：「暝色赴春愁，」下得赴字最好；若下起字便是小兒語也。「無人覺來往，」下得覺字大好，足見吟詩要一兩字工夫，觀此知余之所論，非鑿空而言也。』

老杜又善用俗字。詩人玉屑曰：『數物以个，謂食爲喫，甚近鄙俗，獨杜子美善用之；如云「峽口驚猿聞一个，」「兩個黃鸝鳴翠柳，」「卻遶井梧添个个，」「臨歧意頗切，對酒不能喫，」 樓頭喫酒樓下臥，」「梅熟許同朱老喫。」蓋篇中大概奇特，可以映帶之也。』

下字又須要響。呂氏童蒙訓曰：『潘邠老云七言詩第五字要響，如「返照入江翻石壁，歸雲擁樹失山村。」翻字失字，是響字也。五言詩第三字要響，如「圓荷浮小葉，細麥落輕花」浮字落字，是響字也。所謂響者，致力處也。予竊以爲字字當活，活則字字自響。』

又下雙字極難。石林詩話曰：『詩下雙字極難；須使七言五言之間，除去五字三字外，精神興致全見於兩言，方爲工妙。唐人記「水田飛白鷺，夏木囀黃鸝，」爲李嘉祐詩，摩詰竊取之，非也。此兩句好處，正在添「漠漠陰陰」四字，此乃摩詰爲李嘉祐點化，以自見其妙。如李光弼將郭子儀軍，一號令之，精彩數倍。不然，嘉祐本句，但是詠景耳，人皆可到。要之當令如老杜「無邊落木蕭蕭下，不盡長江滾滾來；」與「江天漠漠鳥雙去，風雨時時龍一吟」等，乃爲超絕。近世王荊公「新霜浦漵綿綿白，薄晚林巒往往青；」與蘇子瞻「浥浥爐香初泛夜，離離花影欲搖春。」此可以追配前作也。』

四　用事　詩中用事，最要審愼，然詩之工，初不以用事也。鍾嶸詩品曰：『夫屬詞比事，乃爲通談，吟詠性情，何貴用事。「思君如流水，」既是卽目；「高臺多悲風，」亦唯所見；

「清晨登隴首，」羌無故實；「明月照積雪，」詎出經史；古今勝語，多非補假，皆由直尋。大明泰始中，文章殆同書鈔，邇來作者，寖以成俗；遂乃句無虛語，語無虛字，拘攣補衲，蠹文已甚。』

然就使用事，亦要無迹者爲上。西清詩話曰：『杜少陵云：「作詩用事，要如禪家語，水中著鹽，飲水乃知鹽味。」此說詩家祕要藏也。如「五更鼓角聲悲壯，三峽星河影動搖；」人徒見凌轢造化之工，不知乃用事也。禰衡傳撾漁陽操，聲悲壯；漢武故事，星辰動搖；東方朔謂爲民勞之應，則善用事者，如繫風捕影，豈有迹耶？』

又有用其事而隱其語者。詩人玉屑云：『蕭文奐能書善畫，于扇上圖山水，咫尺之間，便覺萬里爲遙。老杜戲題山水圖云：「尤工遠勢古莫比，咫尺應須論萬里。」乍讀似非用事。如「男兒既介冑，長揖別上官，」用「介冑之士不拜；」「婦人在軍中，兵氣恐不揚，」用「軍中豈有女子乎？」皆用其事而隱其語。』

然亦有用故事絕精，不覺其多者。詩人玉屑曰：『李商隱詩，好積故實，如喜雪詩「班扇慵裁素，曹衣詎比麻；鵝歸逸少宅，鶴滿令威家。」又「洛水妃虛妬，姑山客漫誇；聯辭雖許謝，和曲本慚巳。」一篇中用事者十七八；以是知作者須飽材料。傳稱任昉用事過多，屬辭不得流便，余謂昉詩所以不能傾沈約者，乃才有限，非事多之過。坡集有全篇用事者：如賀人生子詩自「鬱葱佳氣夜充閭，喜見徐卿第二雛，」至「我亦從來識英物，試教啼看定何如。」戲張子野買妾自「錦里先生自笑狂，身長九尺鬢眉蒼，」至「平生謬作安昌客，略遣彭宣到後堂。」句句用事，曷嘗不流便哉？』

漁隱叢話曰：『前輩譏作詩多用古人名姓，謂之點鬼簿，其語雖然如此；亦在用之如何耳，不可執以爲定論也。如山谷種竹曰：「程嬰杵臼立孤難，伯夷叔齊食薇瘦；」接花云：「雍也本犂子，仲由元鄙人。」此雖多用，善于比喻，何害其爲好句也。』

旣能命意造語，下字用事，詩法之要略已具矣。又有壓韻之巧，屬對之工，此當於後論之；總之爲詩不可率意，須要煅煉。唐子西語錄曰：『詩最難事也，吾于他文不至蹇澀，惟作詩甚苦，悲吟累日，僅能成篇，初讀時未見可羞處，姑置之，明日取讀，瑕疵百出，輒復悲吟累日，反復改正，比之前時，稍稍有加焉；復數日取出讀之，疵病復出；凡如此數回，方敢示人，然終不能奇。李賀母嘗責賀曰：「是兒必欲嘔出心乃已，」非過論也。今之君子，動輒千百言，略不經意，其可貴哉。』陵陽室中語曰：『賦詩十首，不若改詩一首。少陵有「新詩改罷自長吟」之句，雖少陵之才，亦須改定。』漫叟詩話曰：『「桃花細逐楊花落，黃鳥時兼白鳥飛。」李商老云：「嘗見徐師川說，一士大夫家有老杜墨跡，其初云『桃花欲共楊花語，』自以淡墨改三字，乃知古人不厭改也。」』蓋詩必屢改，乃能致工。唐周朴詩稱月煅季煉；賈島詩曰『二句三年得，一吟雙淚垂；』可見古人之苦吟也。

名家爲詩，亦有沿襲昔人者。詩人玉屑，楊誠齋云：『句有偶似古人者，亦有述之者：杜子美武侯廟詩曰：「映階碧草自春色，隔葉黃鸝空好音；」此何遜行孫氏陵云：「山鶯空樹響，壠月自秋暉」也。杜云：「薄雲巖際宿，孤月浪中翻；」此庾信「白雲巖際出，清月波中上」也。出上二字勝矣。陰鏗云：「鶯隨入戶樹，花逐下山風。」杜云：「月明垂露葉，雲逐渡溪風。」又云：「水流行地日，江入度山雲。」此一聯勝。庾信云：「永韜三尺劍，長捲一戎衣。」杜云：「風塵三尺劍，社稷一戎衣。」亦勝庾矣。南朝蘇子卿梅詩云：「祇言花是雪，不悟有香來。」介甫云：「遙知不是雪，爲有暗香來。」述者不及作者。陸龜蒙云：「殷勤與解丁香結，從放繁枝散誕春；」介甫云：「殷勤與解丁香結，放出枝頭自在春。」作者不及述者。』然能者要當詞必己出，不貴沿襲前人也。

詩本以溫柔敦厚爲教，故論其全篇之旨，尤要在含蓄。珊瑚鉤詩話曰：『篇章以含蓄天成爲上，破碎雕鎪爲下；如楊大年西崑體，非不佳也，而弄斤操斧太甚，所謂七日而混沌死也。以平夷恬澹爲上，怪險蹶趨爲下；如李長吉錦囊句，非不奇也，而牛鬼蛇神太甚，所謂施諸廊廟則駭矣。』漫齋語錄曰：『詩文要含蓄不露，便是好處。古人說雄深雅健，此便是含蓄不露也。用意十分，下語三分，可幾風雅；下語六分，可追李杜；下語十分，晚唐之作也。』詩人玉屑曰：『詩有句含蓄者，老杜曰「勳業頻看鏡，行藏獨倚樓。」鄭雲叟曰：「相看臨遠水，獨自上孤舟」是也。有意含蓄者，如宮詞曰：「銀燭秋光冷畫屏，輕羅小扇撲流螢。天堦夜色涼如水，臥看牽牛織女星。」又嘲人詩曰：「怪來妝閣閉，朝下不相迎，總向春園裏，花間笑語聲」是也。有句意俱含蓄者，如九日詩云：「明年此會知誰健，更把茱萸子細看；」又宮怨曰：「寶仗平明宮殿開，暫將紈扇共徘徊，玉容不及寒鴉色，猶帶昭陽日影來」是也。又白樂天云：「淚滿羅巾夢不成，夜深前殿按歌聲，紅顏未老恩先斷，斜倚熏籠坐到明。」此並詩之有含蓄者也。』

詩亦有時當出奇趣詩人玉屑曰：『東坡云：淵明詩初看若散緩，熟讀有奇趣。如曰「日莫巾柴車，路暗光已夕，歸人望煙火，稚子候簷隙。」又曰：「採菊東籬下，悠然見南山。」又曰：「藹藹遠人村，依依墟里煙，犬吠深巷中，雞鳴桑樹顛。」才意高遠，造語精到如此。如大匠運斤，無斧鑿痕，不知者疲精力至死不悟。又柳子厚詩曰：「漁翁夜傍西巖宿，曉汲清湘然楚竹；煙消日出不見人，欸乃一聲山水綠，回看天際下中流，巖上無心雲相逐。」東坡云：以奇趣爲宗，以反常合道爲趣。熟味之，此詩有奇趣；其尾兩句，雖不必有亦可。』

梅聖俞金針格曰：『煉句不如煉字，煉字不如煉意，煉意不如煉格。以聲律爲竅，物象爲骨，意格爲髓。』蓋詩之全篇，以風調爲難。李希聲詩話曰：『古人作詩，正以風調高古爲主；雖意遠語疎，皆爲佳作。後人有切近的當，氣格凡下者，終使人可憎；故格調不可不先辨也。薛能，晚唐詩人，格調不高，而妄自尊大，有柳枝詞五首，最後一章曰：「劉白蘇臺總近時，當初章句是誰推；纖腰舞盡春楊柳，未有儂家一首詩。」自注云：「劉白二尙書，繼爲蘇州刺史，皆賦楊柳枝詞，世多傳唱；但文字太僻，宮商不高耳。」能之大言如此；今讀其詩，眞堪一笑。劉白之詞，則絕非能所逮。劉之詞曰：「城外春風吹酒旗，行人揮袂日西時；長安陌上無窮樹，惟有垂楊管別離。」白之詞云：「紅板江橋靑酒旗，館娃宮暖日斜時；可憐雨歇東風定，萬樹千條各自垂。」其風流氣概，豈能所可髣髴哉。」

陸魯望曰：『余少攻歌詩，欲與造物者爭柄，遇事輒變化，不一其體裁，始則陵轢波濤，穿穴險固，囚鏁怪異，破碎陣敵，卒造平淡而已。』竹坡詩話曰：『作詩到平淡處，要似非力所能。東坡嘗有書與其姪云：「大凡爲文，當使氣象崢嶸，五色絢爛，漸老漸熟，乃造平淡。」余以謂不但爲文，作詩者尤當取法於此；蓋風調須高古，又須平淡，方爲最勝耳。』

以上於作詩之要，分別論之，至於統論詩法者，古來尤衆，嚴滄浪獨以禪理說詩，與近世王漁洋之說相近，茲略擧之。滄浪云：『禪家者流，乘有小大，宗有南北，道有邪正，具正法眼藏，是謂第一義；若聲聞辟支果，皆非正也。論詩如論禪，漢魏晉等作，與盛唐之詩，則第一義也；大曆以還之詩，則已落第二義矣；晚唐之詩，則聲聞辟支果也。學漢魏晉與盛唐詩者，臨濟下也；學大曆以還者，曹洞下也。大抵禪道惟在妙悟，詩道亦在妙悟；且孟襄陽學力下韓退之遠甚，而其詩獨出退之之上者，一味妙悟故也。惟悟乃爲當行，乃爲本色。然悟有淺深，有分限之悟，有透徹之悟，有但得一知半解之悟，皆非第一義也。吾評之非僭也，辨之非妄也，天下有可廢之人，無可廢之言，詩如是也；若以爲不然，則是見之不廣，參詩之不熟耳。試取漢魏之詩而熟參之，次取晉宋之詩而熟參之，次取南北朝之詩而熟參之，次取沈宋王楊盧駱之詩而熟參之，次取開元天寶諸家之詩而熟參之，次獨取李杜二公之詩而熟參之，又取晚唐之詩而熟參之，又取本朝蘇黃以下諸公之詩而熟參之，其眞是非亦有不能隱者，倘猶於此而無見焉，則是爲外道蒙蔽其眞識，不可救藥，終不悟也。』又曰：『夫詩有別材，非關書也；詩有別趣，非關理也；而古人未嘗不讀書不窮理，所謂不涉理路，不落言詮者上也。詩者，吟詠性情也。盛唐詩人惟在興趣，羚羊挂角，無跡可求；故其妙處瑩徹玲瓏，不可湊泊；如空中之音，相中之色，水中之月，鏡中之象，言有盡而意無窮。近代諸公，作奇特解會，以文字爲詩，以議論爲詩，以才學爲詩，以是爲詩，夫豈不工，終非古人之詩也。蓋於一唱三嘆之音，有所歉焉。且其作多務使事，不問興致；用字必有來歷，押韻必有出處，讀之終篇，不知著到何在。其末流甚者，叫噪怒張，殊乖忠厚之風，殆以罵詈爲詩；詩而至此，可謂一厄也，可謂不幸也。然則近代之詩無取乎？曰：有之，吾取其合於古人者而已。國初之詩，尚沿襲唐人，王黃州學白樂天，楊文公劉中山學李商隱，盛文肅學韋蘇州，歐陽公學韓退之古詩，梅聖俞學唐人平淡處；至東坡山谷，始自出己法以爲詩，唐人之風變矣。山谷用工尤深刻，其後法席盛行，海內稱爲江西宗派。近世趙紫芝翁靈舒輩，（即四靈體滄浪意不滿之故前詩體中未列）獨喜賈島姚合之語，稍稍復就清苦之風；江湖詩人多效其體，一時自謂之唐宗。不知止入聲聞辟支之果，豈盛唐諸公大乘正法眼者哉？嗟乎！正法眼之無傳久矣，唐詩之說未唱，唐詩之道有時而明也；今既唱其體曰唐詩矣，則學者謂唐詩誠止於是耳；茲詩道之重不幸耶！故予不自量度，輒定詩之宗旨，且借禪以爲喩；推原漢魏以來，而截然謂當以盛唐爲法。雖獲罪於世之君子不辭也。』

王漁洋論學詩之法，當以性情學問相輔。其言曰：『司空表聖云：「不著一字，盡得風流，」此性情之說也。揚子雲云「讀千賦則能賦，」此學問之說也。二者相輔而行，不可偏廢。若無性情而侈言學問，則昔人有譏「點鬼簿」「獺祭魚」者矣；學力深始能見性情，此一語是造微破的之論。』又曰『嚴儀卿所謂如鏡中花，如水中月，如水中鹽味，如羚羊挂角，無迹可求；皆以禪喩詩，內典所云「不卽不離，不黏不脫。」曹洞宗所謂參活句是也。』漁洋選唐賢三昧集，頗本此旨；故漁洋爲詩主神韻，亦卽所謂性情之說也。

然既論詩法，不可不知詩病。姜白石詩說曰：『不知詩病，何由能詩；不觀詩法，何由知病；名家者各有一病，大醇小疵差可耳。』沈約論詩有八病：一曰平頭，二曰上尾，三曰蜂腰，四曰鶴膝，五曰大韻，六曰小韻，七曰旁紐，八曰正紐。沈約所論諸病，故是指古體，然專由聲韻言之，當述其詳於後。至於通常之病，嚴滄浪嘗論之曰：『學詩先除五俗：一曰俗體，二曰俗意，三曰俗句，四曰俗字，五曰俗韻。』又曰：『有語忌，有語病。語病易除，語忌難變。』又曰：『意貴透徹，不可隔靴搔癢；語貴洒脫，不可拖泥帶水。最忌骨董，最忌趁貼。』又曰：『語忌直，意忌淺，脈忌露，味忌短，音韻忌散緩，亦忌迫促。』詩又不可礙理，有句好而理未是者，如張繼詩云：『姑蘇城外寒山寺，夜半鐘聲到客船。』句則佳矣，其如三更不是撞鐘時。又白樂天長恨歌云：『峨眉山下少人行，』峨眉在嘉州，與幸蜀全無交涉。杜詩云：『霜皮溜雨四十圍，黛色參天二千尺。』四十圍乃是徑十尺，無乃太細長乎？皆詩之病也。古人嘗細較詩病，六一詩話：『聖俞語予曰：嚴維詩「柳塘春水漫，花塢夕陽遲。」則天容時態，融和駘蕩，如在目前。』又劉貢父詩話云：『此一聯細細較之，夕陽遲則繫花，春水漫不須柳也；如老杜「深山催短景，喬木易高風。」則了無瑕纇。』苕溪漁隱曰：『春水漫不須柳，此眞確論，但夕陽遲則繫花此論殊非是；蓋夕陽遲乃繫於塢，殊不繫花。以此言之，則春水漫不必柳塘夕陽遲豈獨花塢哉西清詩話載吳越王時宰相皮光業，每以詩爲己任，嘗得一聯云：「行人折柳和輕絮，飛燕銜泥帶落花」自負警策，以示同僚，衆爭嘆譽。裴光約曰：「二句偏枯不為工，蓋柳當有絮，泥或無花。」此論乃得詩之膏肓矣』故論詩不可不審也。

第二章　古詩

第一節　樂府及古詩體勢論

詩樂古本是一，凡有吟詠，多可被於聲律，漢武始立樂府，當時又有五言，自是詩與樂府遂分。及後樂府又亡，前日之歌詞，後人不能習其音節，或擬其字句，就其題目而效之，則樂府亦不可歌，但爲詩之一種而已；要之皆六義之餘也。故今以樂府與古詩合而論之。古詩源變，略見前章；今更先述樂府所起，次論古詩體勢於下：

文心雕龍樂府曰：『樂府者，聲依永，律和聲也。鈞天九奏，既其上帝；葛天八闋，爰乃皇時。自咸英以降，亦無得而論矣。至於塗山歌於候人，始爲南音；有娀謠乎飛燕，始爲北聲；夏甲嘆於東陽，東音以發；殷整思於西河，西音以興；音聲推移，亦不一概矣。匹夫庶婦，謳吟土風，詩官採言，樂盲被律，志感絲篁，氣變金石。是以師曠覘風於盛衰，季札鑒微於興廢，精之至也。夫樂本心術，故響浹肌髓，先王愼焉，務塞淫濫，敷訓胄子，必歌九德，故能情感七始，化動八風。自雅聲浸微，溺音騰沸，秦燔樂經，漢初紹復，制氏紀其鏗鏘，叔孫定其容與，於是武德興乎高祖，四時廣於孝文；雖摹韶夏，而頗襲秦舊，中和之響，闃其不還。暨武帝崇禮，始立樂府，總趙代之音，撮齊楚之氣，延年以曼聲協律，朱馬以騷體製歌，桂華雜曲，麗而不經；赤雁羣篇，靡而非典，河間荐雅而罕御，故汲黯致譏於天馬也。至宣帝雅頌，詩效鹿鳴，邇及元成，稍廣淫樂，正音乖俗，其難也如此。暨後郊廟，惟雜雅章，辭雖典文，而律非夔曠。至於魏之三祖，氣爽才麗，宰割詞調，音靡節平。觀其北上衆引，秋風列篇，或述酣宴，或傷羈戍，志不出於淫蕩，辭不離於哀思，雖三調之正聲，實韶夏之鄭曲也。逮於晉世，則傅玄曉音，創定雅歌，以詠祖宗；張華新篇，亦充庭萬。然杜夔調律，音奏舒雅，荀勖改絃，聲節哀急，故阮咸譏其離聲，後人驗其銅尺。和樂精妙，固表裏而相資矣。故知詩爲樂心，聲爲樂體；樂體在聲，瞽師務調其器；樂心在詩，君子宜正其文。好樂無荒，晉風所以稱遠；伊其相謔，鄭國所以云亡。故知季札觀辭，不直聽聲而已。若夫豔歌婉孌，怨志訣絕，淫辭在曲，正響焉生。然俗聽飛馳，職競新異，雅詠溫恭，必欠伸魚睨；奇辭切至，則拊髀雀躍；詩聲俱鄭，自此階矣。凡樂辭曰詩，詩聲曰歌，聲來被辭，辭繁難節。故陳思稱李延年閑於增損古辭，多者則宜減之，明貴約也。觀高祖之詠大風，孝武之歎來遲，歌童被聲，莫敢不協；子建士衡，咸有佳篇，並無詔伶人，故事謝絲管，俗稱乖調，蓋未思也。至於斬伎（二字不可解）鼓吹，漢世鐃挽，雖戎喪殊事，而並總入樂府，繆襲所致，亦有可算焉。昔子政品文，詩與歌別，故略具樂篇，以標區界。』

雕龍所論，記樂府起原甚詳；惟意主雅樂，故於民間所歌，多在所略也。所謂無詔伶人，卽後人擬古樂府題，徒冒樂府之名，而不必可歌者。如唐人所歌，僅是小詩；作者集中多有擬古樂府者是也。漢興，高祖有大風歌，唐山夫人作安世歌，漢武好新聲變曲，樂府之流益廣。郊祀歌十九首，鍛意刻酷，鍊字神奇，鐃歌諸篇，亦遒深勁絕。當時頗采民間歌謠，故漢志所錄，有吳楚燕代各地歌詩，共有樂府三百餘篇。晉書樂志曰：『凡樂章古辭，今之存者，並漢世街陌謠謳，江南可采蓮、烏生八九子、白頭吟之屬是也。』大抵樂府與詩之別：詩多以宣情，而樂府多以敍事，一也。詩中當詞句精雅，而樂府兼用當時俗語；或有聲亡辭，但補樂中之音，二也。（如妃呼狶諸語但補樂音也）魏晉以下，又以清商諸曲，各地之歌；梁陳間尤好製新曲，後人之七言古體，其詞調多出樂府也。

曹孟德樂府，如苦寒行、猛虎行、短歌行之類，音節悲壯，頗爲後人所傳；子桓、子建兄弟，亦爲樂府；文人集中，自是多有樂府矣。然終不如民間所傳者，情意樸質，有言外之意。晉宋間如子夜歌、華山畿之類，往往淒婉可誦；南朝則鮑照、吳均，最擅爲樂府；梁陳諸主，亦多自作新調，極輕豔哀動之致矣。唐人惟李太白喜擬古樂府，杜子美則自作題目，蓋齊梁以來文士，並爲樂府辭，而沿襲之久，往往失其命題本意；烏生八九子但詠烏，雉朝飛但詠雉，雞鳴高樹顚但詠雞。而甚有幷其題失之者：如相府蓮訛爲想夫憐，楊婆兒訛爲楊叛兒之類是也。詞人多事語言，不復詳研考，雖太白亦不免。此子美兵車行、悲青坂、無家別等數篇，皆因事自出己意立題，略不更蹈前人前迹，眞豪傑也。

後人編次詩集，惟用古人樂府本題者，則別謂之樂府，其餘歌行曲引等本皆樂府體，而或多以入之古詩，不盡謂之樂府；蓋以不詔伶人，則本與詩無異也。故紀事感慨之詞，其源實出樂府；樂府如日出東南隅行、雁門太守行、董逃行、邯鄲才人嫁爲趙廝養卒等，皆係紀事；而焦仲卿妻詩及木蘭詞，尤爲後人所稱。劉後村曰：樂府中惟焦仲卿妻詩與木蘭詩，作敍事體，有始有卒，雖詞多俚質，然有古意，蓋敍事體最是樂府之可式者也。今錄此二篇於後：

古詩爲焦仲卿妻作

漢末建安中，廬江府小吏焦仲卿妻劉氏爲仲卿母所遣，自誓不嫁；其家逼之，乃投水而死。仲卿聞之，亦自縊於庭樹。時人傷之，爲詩云爾。

孔雀東南飛，五里一裴徊。『十三能織素，十四學裁衣，十五彈箜篌，十六誦詩書；十七爲君婦，心中常苦悲。君既爲府吏，守節情不移；賤妾留空房，相見常日稀。雞鳴入機織，夜夜不得息。三日斷五疋，大人故嫌遲；非爲織作遲，君家婦難爲！妾不堪驅使，徒留無所施；便可白公姥，及時相遣歸。』府吏得聞之，堂上啓阿母：『兒已薄祿相，幸復得此婦。結髮同枕席，黃泉共爲友。共事三二年，始爾未爲久。女行無偏斜，何意致不厚？』阿母謂府吏：『何乃太區區？此婦無禮節，舉動自專由。吾意久懷忿，汝豈得自由！東家有賢女，自名秦羅敷，可憐體無比，阿母爲汝求。便可速遣之，遣去愼莫留！』府吏長跪告：『伏惟啓阿母：今若遣此婦，終老不復取！』阿母得聞之，椎牀便大怒：『小子無所畏，何敢助婦語！吾已失恩義，會不相從許！』府吏默無聲，再拜還入戶，舉言謂新婦，哽咽不能語：『我自不驅卿，逼迫有阿母。卿但暫還家，吾今且報府。不久當歸還，還必相迎取。以此下心意，愼勿違我語！』新婦謂府吏：『勿復重紛紜！往昔初陽歲，謝家來貴門。奉事循公姥，進止敢自專！晝夜勤作息，伶俜縈苦辛。謂言無罪過，供養卒大恩；仍更被驅遣，何言復來還！妾有繡腰襦，葳蕤自生光；紅羅複斗帳，四角垂香囊；箱簾六七十，綠碧靑絲繩，物物各自異，種種在其中。人賤物亦鄙，不足迎後人。留待作遣施，於今無會因。時時爲安慰，久久莫相忘！』雞鳴外欲曙，新婦起嚴妝。著我繡裌裙，事事四五通。足下躡絲履，頭上玳瑁光。腰若流紈素，耳著明月璫。指如削葱根，口如含珠丹。纖纖作細步，精妙世無雙。上堂拜阿母，阿母怒不止。『昔作女兒時，生小出野里。本自無教訓，兼愧貴家子。受母錢帛多，不堪母驅使。今日還家去，念母勞家裏。』卻與小姑別，淚落連珠子。『新婦初來時，小姑始扶牀；今日被驅遣，小姑如我長。勤心養公姥，好自相扶將！初七及下九，嬉戲莫相忘！』出門登車去，涕落百餘行。府吏馬在前，新婦車在後。隱隱何甸甸，俱會大道口。下馬入車中，低頭共耳語：『誓不相隔卿，且暫還家去。吾今且赴府，不久當還歸。誓天不相負！』新婦謂府吏：『感君區區懷！君既若見錄，不久望君來。君當作盤石，妾當作蒲葦。蒲葦紉如絲，盤石無轉移！我有親父兄，性行暴如雷。恐不任我意，逆以煎我懷。』舉手長勞勞，二情同依依。入門上家堂，進退無顏儀。阿母大拊掌：『不圖子自歸！十三教汝織，十四能裁衣，十五彈箜篌，十六知禮儀；十七遣汝嫁，謂言無誓違。汝今何罪過，不迎而自歸？』蘭芝慚阿母：『兒實無罪過！』阿母大悲摧。還家十餘日，縣令遣媒來。云有第三郎，窈窕世無雙，年始十八九，便言多令才。阿母謂阿女：『汝可去應之！』阿女含淚答：『蘭芝初還時，府吏見丁寧，結誓不別離。今日違情義，恐此事非奇。自可斷來信，徐徐更謂之。』阿母白媒人：『貧賤有此女，女適還家門。不堪吏人婦，豈合令郎君！幸可廣問訊，不得便相許！』媒人去數日，尋遣丞請還。說『有蘭家女，承籍有宦官。云有第五郎，嬌逸未有婚。』遣丞爲媒人，主簿通語言，直說『太守家有此令郎君，既欲結大義，故遣來貴門。』阿母謝媒人：『女子先有誓，老姥豈敢言！』阿兄得聞之，悵然心中煩。舉言謂阿妹：『作計何不量！先嫁得府吏，後嫁得郎君，否泰如天地，足以榮汝身。不嫁義郎體，其往欲何云？』蘭芝仰頭答：『理實如兄言！謝家事夫壻，中道還兄門。處分適兄意，那得自任專！雖與府吏要，渠會永無緣。登卽相許和，便可作婚姻。』媒人下牀去，諾諾復爾爾。還部白府君：『下官奉使命，言談大有緣。』府君得聞之，心中大歡喜。視曆復開書：『便利此月內，六合正相應。良吉三十日，今已二十七，卿可去成婚。』交語速裝束，絡繹如浮雲。青雀白鵠舫，四角龍子幡，婀娜隨風轉。金車玉作輪，躑躅青驄馬，流蘇金鏤鞍。齎錢三百萬，皆用青絲穿。雜綵三百疋，交廣市鮭珍。從人四五百，鬱鬱登郡門。阿母謂阿女：『適得府君書，明日來迎汝。何不作衣裳？莫令事不舉！』阿女默無聲，手巾掩口啼，淚落便如瀉。移我琉璃榻，出置前牕下。左手持刀尺，右手執綾羅。朝成繡裌裙，晚成單羅衫。晻晻日欲暝，愁思出門啼。府吏聞此變，因求假暫歸。未至二三里，摧藏馬悲哀。新婦識馬聲，躡履相逢迎。悵然遙相望，知是故人來。舉手拍馬鞍，嗟歎使心傷：『自君別我後，人事不可量！果不如先願，又非君所詳。我有親父母，逼迫兼弟兄，以我應他人，君還何所望！」府吏謂新婦『賀卿得高遷！盤石方且厚，可以卒千年；蒲葦一時紉，便作旦夕間！卿當日勝貴，吾獨向黃泉！』新婦謂府吏『何意出此言！同是被逼迫，君爾妾亦然！黃泉下相見，勿違今日言！』執手分道去，各各還家門。生人作死別，恨恨那可論！念與世間辭，千萬不復全！府吏還家去，上堂拜阿母：『今日大風寒，寒風摧樹木，嚴霜結庭蘭。兒今日冥冥，令母在後單。故作不良計，勿復怨鬼神！命如南山石，四體康且直！』阿母得聞之，零淚應聲落：『汝是大家子，仕宦於臺閣。愼勿爲婦死，貴賤情何薄！東家有賢女，窈窕豔城郭；阿母爲汝求，便應在旦夕。』府吏再拜還，長歎空房中，作計乃爾立。轉頭向戶裏，漸見愁煎迫。其日牛馬嘶，新婦入靑廬。奄奄黃昏後，寂寂人定初『我命絕今日，魂去尸長留！』攬裙脫絲履，舉身赴淸池。府吏聞此事，心知長別離，徘徊顧樹下，自掛東南枝。兩家求合葬，合葬華山傍。東西植松柏，左右種梧桐，枝枝相覆蓋，葉葉相交通。中有雙飛鳥，自名爲鴛鴦，仰頭相向鳴，夜夜達五更。行人駐足聽，寡婦起彷徨。多謝後世人，戒之愼勿忘！

木蘭詩

唧唧復唧唧，木蘭當戶織。不聞機杼聲，惟聞女歎息。問女何所思？問女何所憶？女亦無所思，女亦無所憶。昨夜見軍帖，可汗大點兵，軍書十二卷，卷卷有爺名。阿爺無大兒，木蘭無長兄；願爲市鞍馬從此替爺征。東市買駿馬，西市買鞍韉，南市買轡頭，北市買長鞭。朝辭爺孃去，暮宿黃河邊；不聞爺孃喚女聲，但聞黃河流水鳴濺濺。旦辭黃河去，暮至黑水頭；不聞爺孃喚女聲，但聞燕山胡騎聲啾啾。萬里赴戎機，關山度若飛；朔氣傳金柝，寒光照鐵衣。將軍百戰死，壯士十年歸。歸來見天子，天子坐明堂。策勳十二轉，賞賜百千彊。可汗問所欲，木蘭不用尚書郎；願借明駝千里足，送兒還故鄉！爺孃聞女來，出郭相扶將，阿姊聞妹來，一作阿妹聞姊來當戶理紅妝。小弟聞姊來，磨刀霍霍向豬羊。開我東閣門，坐我西閣牀；脫我戰時袍，著我舊時裳，當窗理雲鬢，對鏡帖花黃。出門看火伴，火伴皆驚惶，同行十二年，不知木蘭是女郎。雄兔腳撲朔，雌兔眼迷離；兩兔傍地走，安能辨我是雄雌？

焦仲卿妻詩，當作於漢建安時，共千七百八十五字，爲古今最長之詩。木蘭詩殆出於齊梁之間，或以爲唐人作，非也。杜子美草堂一篇，後半全用木蘭詩章法。後來敍事詩大抵本古樂府。唐時敍事詩長者三篇：即白居易之長恨歌，元稹之連昌宮詞，鄭嵎之津陽門詩也；其體亦樂府之遺。齊東野語記歐陽公言古七言詩自漢末，蓋出于史篇之體，殆指此類矣。近世能以歌行紀事者，莫如吳梅村；又因元白之體勢也。

漢至六朝，樂府小歌，每有風神，爲後人所好；然擬作多不逮古。王漁洋曰：『樂府之名，始于漢初。郊祀類頌，鐃歌鼓吹類雅，琴曲雜詩類國風：故樂府者，繼三百篇而起者也。唐人惟韓退之琴操最爲高古。李太白之遠別離、蜀道難、烏夜啼，杜子美之新婚、無家諸別，石壕、新安諸吏，哀江頭、兵車行諸篇，皆樂府之變也。降而元白張王變極矣。元次山皮襲美補古樂章，志則高矣；顧其離合未可知也。唐人絕句如渭城朝雨、黃河遠上諸作，多被樂府，正得風之一體耳。元楊廉夫明李賓之各成一家，又變之變也。李滄溟詩名冠代，祗以樂府摹擬割裂，遂生後人詆毀；則樂府寧爲其變，而不可以字句比擬也明矣。』昔人論樂府者甚多，漁洋之詞，頗爲得要，故錄之。

騷賦衰而五言盛，五言衰而七言盛。五言之源，前已論之：蓋蘇李與古詩十九首爲一體。建安諸子，承其餘風；出言高妙，自然華美。此後五言之美者，鍾嶸詩品所稱：有阮籍詠懷、嵇康雙鸞、茂先寒食、平叔單衣、安仁倦暑、景陽苦雨、靈運鄴中、士衡擬古、越石感亂、景純游仙、王微風月、謝客山水、叔元離燕、明遠戍邊、太冲詠史、延之入洛、陶公詠貧之製、惠連擣衣之作：以爲皆五言之警策者也。六朝五言之工者，不止于此，文選所錄已不少；而阮陶二謝，尤爲後人所宗。唐人始亦好文選，李杜集中，多近於選體之作，故杜詩曰：『精熟文選理。』至韓退之出，則風氣大變。蘇子瞻斥昭明，至以爲小兒强作解事。蓋至唐而五言之體格一變，別以文選中之五言爲選體；其實文選中亦不止一體也。李滄溟嘗言唐人無五古詩，而有七古詩，王漁洋以爲定論。要之唐五言古，固多妙緒；較諸十九首陳思陶謝，自然區別。七言古，則唐人獨掩前代。漁洋謂李太白、杜子美、韓退之三家七古，橫絕萬古；後之追風躡景，惟蘇長公一人耳。

宋丁晉公云：『子美集開詩世界，杜詩實綜有前古詩體。後人多讀杜集而得擬古與變古之法。元和以後，詩家甚衆，雖其形貌不盡與杜集相同，至於篇章變化，率是得杜之一體。』宋以來學詩但稱李杜，不復上溯漢魏，亦以李杜能集詩體之成也。韓退之詩亦頗開宋體；退之善押强韻，宋人每效之也。朱晦庵嘗曰：『作詩先用看李杜，如士人治本經然。本既立，次第方可看蘇黃以次諸家詩。』可見宋時風氣也。陶詩有平淡沖遠之趣，說者以唐之王、孟、韋、柳配之，亦別成一派；然要不是大家。其餘名家甚多，終不出李杜門庭也。李義山詩號爲綺麗，而其高者多學杜；宋以江西宗派爲最盛，山谷諸人，亦是學杜者；故江西派所謂一祖三宗卽以杜爲一祖也。

六朝詩儘佳，而體格未備；至杜集各體皆精，故獨爲後人所宗。詩至杜子美一大變，宋之黃山谷又一變。元世不出晚唐穠麗之習。明之何李力倡復古；七子繼之。然惟五言效漢魏間及六朝；餘如七言古及近體諸詩，無不規摹盛唐，不出李杜之範圍也。故吾國詩格之變至宋已盡，其不足于宋者，乃求之于唐以前。惟襲其形貌，莫能自創一體，久之厭其膚廓；又復反于宋以下。如今世頗行江西派是也。

總而言之：古樂府及漢魏六朝諸家，是古詩之淵源，學者不可不習。若由博返約，亦當取數家時時服膺；固宜熟其形貌，尤要會其神理。漁洋論學五古詩曰：『古詩十九首，如天衣無縫，不可學。陶淵明純任眞率，自寫胸臆，亦不易學。六朝則二謝、鮑照、何遜，唐人則張曲江、韋蘇州數家，庶可宗法。』又謂：『學七言古詩，當取唐杜、岑、韓三家，宋歐、蘇、黃、陸四家七古諸大篇，日吟諷之，自得其解。』此是漁洋敎人法。然唐五古若陳子昂、孟郊，七古若李太白、李昌谷、元、白諸家，亦不可不究心。飛卿、義山七古，並能奇麗；雖不盡取法，要宜旁及也。

第二節　古詩實用格式

古詩體式非一，不可悉論；今略述其用韻及篇法之格式，庶于學者有補也。

(一)古詩每句用韻式：

燉煌太守後庭歌　　岑參

燉煌太守才且賢，郡中無事高枕眠。太守到來山出泉，黃沙磧裏人種田。燉煌耆舊鬢皓然，願留太守更五年。城頭出月星滿天，曲房置酒張錦筵：美人紅妝正色鮮，側垂高髻插金鈿；醉坐藏鈎紅燭前，不知鈎在若箇邊。爲君手把珊瑚鞭，射得半段黃金錢，此中樂事亦已偏。

(二)古詩用古韻式；

此日足可惜贈張籍　　韓愈

此日足可惜，此酒不足嘗；捨酒去相語，共分一日光。念昔未知子，孟君自南方：自矜有所得，言子有文章。我名屬相府，欲往不得行，思之不可見，百端在中腸。維時月魄死，冬日朝在房。驅馳公事退，閒子適及城；命車載之至，引坐於中堂。開懷聽其說，往往副所望。孔丘歿已遠，仁義路久荒。紛紛百家起，詭怪相披倡。長老守所聞，後生習爲常。少知誠難得，純粹古已亡。譬彼植園木，有根易爲長。留之不遣去，館置城西旁。歲時未云幾，浩浩觀湖江。衆夫指之笑，謂我知不明。兒童畏雷電，魚鼈驚夜光。州家舉進士，選試繆所當；馳辭對我策，章句何煒煌。相公朝服立，正席歌鹿鳴；禮終樂亦闋，相拜送於庭。之子去須臾，赫赫流盛名。竊喜復竊嘆，諒知有所成。人事安可恆，奄忽令我傷：聞子高第日，正從相公喪；哀情逢吉語，惝怳難爲雙！暮宿偃師西，徒展轉在牀，夜聞汴州亂，遶壁行傍徨。我時留妻子，倉卒不及將。相見不及期，零落甘所丁。驕兒未絕乳，念之不能忘。忽如在我所，耳若聞啼聲。中途安得返，一日不可更。俄有東來說，我家免罹殃；乘船下汴水，東去趨彭城。從喪朝至洛，還走不及停。假道經盟津，出入行澗岡；日西入軍門，羸馬顛且僵。主人願少留，延入陳壺觴；卑賤不敢辭，忽忽心如狂。飲食豈知味，絲竹徒轟轟。平明脫身去，決若驚鳧翔。黃昏次氾水，欲過無舟航；號呼久乃至，夜濟十里黃。中流上灘潭，沙水不可詳。驚波暗合沓，星宿爭翻芒。轅馬蹢躅鳴，左右泣僕童。甲午憩時門，臨泉窺鬬龍。東南出陳許，陂澤平茫茫。道邊草木花，紅紫相低昂。百里不逢人，角角雄雞鳴。行行二月暮，乃及徐南疆。下馬步堤岸，上船拜吾兄。誰云經艱難，百口無夭殤。僕射南陽公，宅我睢水陽。篋中有餘衣，盎中有餘糧，閉門讀書史，窗戶忽已涼。日念子來游，子豈知我真。別離未爲久，辛苦多所經。對食每不飽，共言無倦聽。連延三十日，晨坐達五更。我友二三子，宦游在西京；東野窺禹穴，李翺觀濤江，蕭條千萬里，會合安可逢！淮之水舒舒，楚山直叢叢。子又捨我去，我懷焉所窮？男兒不再壯，百歲如風狂。高爵尚可求，無爲守一鄉。

換仄。

(三)古詩二疊促句換韻法：　此法止於六句三句一換韻，或平或仄，平者換平，仄者換仄。

平聲換韻詩

蘆花如雪灑扁舟，正是滄江闌杜秋，忽然驚起散沙鷗。平生生計如轉蓬，一生長在百憂中，鱸魚正美負秋風。

仄聲換韻詩

江南秋色推煩暑，夜來一枕芭蕉雨，家在江南白鷗浦。一生未歸鬢如織，傷心日暮楓葉赤，偶然得句應題壁。

(四)古詩三疊促句換韻法：　此法九句三句一換韻，三疊而止。

觀伯時畫馬　黃庭堅

儀鸞供帳饕蝨行，翰林溼薪爆竹聲，風簷宦燭淚縱橫。木穿石盤未渠透，坐窗不傲令人瘦，貧馬百囓逢一豆眼明見此玉花驄，徑思著鞭吟詩翁，城西野桃尋小紅。

擬作一首　胡仔

青玻璃色瑩長空，爛銀盤挂屋山東，晚涼徐度一襟風。天分風月相管領，對之技癢誰能忍！吟哦自恨詩才窘。掃寬露坐發興薪，浮蛆琰琰拋青春，不妨舉殘成三人。

(五)古詩平頭換句法：此法七句方一換韻，又首句平聲。其法不得雙殺，雙殺者不得此法。

太白贊　蘇軾

天人幾何同一漚，謫仙非謫乃其游。揮斥八極隘九州，化爲兩鳥鳴相酬：一鳴一止三千秋，開元有道爲少留，縻之不得矧肯求？東望太白橫峨岷，眼高四海空無人：大兒汾陽中令君，小兒天台坐忘身；平生不識高將軍，手涴吾足矧敢嗔？作詩一笑君應聞！

(六)古詩五句法：此格即事遣興可作，如題物贈送之類則不用。錄杜子美二詩爲式。

曲江蕭條秋氣高，芰荷枯折隨風濤。遊子空嗟垂二毛，白石素沙亦相蕩，哀鴻獨叫求其曹！

卽事非今亦非古，長歌激烈梢林莽。比屋豪華固難數，吾人甘作心似灰，弟姪何傷淚如雨！

（七）古詩六句法：　此法但可放言遣興，不可寄贈。

仄韻六句體如子美

烈士惡多門，小人自同調。名利苟可取，殺身傍權要。何當官曹清，爾輩堪一笑。

平韻六句體如山谷

三公未白首，十輩擁朱輪；只有人看好，何益百年身！但願身無事，淸樽對故人。

（八）古詩變殺，二句一換韻八句四韻法：

采蓮　徐玄之

越豔荊姝慣采蓮，蘭橈畫檝滿長川。秋來江水澄如練，映水紅妝如可見。此時蓮浦珠翠光，此日荷風羅綺香；纖手周游不暫息，紅英爛熳殊未極。夕鳥棲林人欲稀，長歌哀怨采蓮歸。

（九）古詩變殺，二句卽換韻，以後不換法：

短歌行　李白

白日何短短，百年苦易滿。蒼穹浩茫茫，萬劫太極長。麻姑垂兩鬢，一半已成霜。天公見玉女大笑億千場。吾欲攬六龍，迴車挂扶桑。北斗酌美酒，勸龍各一觴。富貴非所願，與人駐顏光。

(十)古詩雙殺，八句四韻一換法：

贈清漳明府姪聿　李白

我李百萬葉，柯條布中州。天開青雲器，日爲蒼生憂。小邑且割雞，大刀佇烹牛。雷聲動四境，惠與清漳流。絃歌詠唐堯，脫落隱簪組。心和得天眞，風俗猶太古。牛羊散阡陌，夜寢不扃戶。問此何以然？賢人宰吾土。舉邑樹桃李，垂陰亦流芬。河堤繞綠水，桑柘連青雲。趙女不冶容，提籠晝成羣；繰絲鳴機杼，百里聲相聞。訟息鳥下堦，高臥披道帙。蒲鞭挂簷枝，示恥無撲抶。琴清月當戶，人寂風入室。長嘯無一言，陶然上皇逸。白玉壺冰水，壺中見底清。清光洞毫髮，皎潔照羣情。趙北美嘉政，燕南播高名。過客覽行謠，因之誦德聲。

(十一)古詩雙殺，六句三韻一變法：

陌上桑　李白

美女渭橋東，春還事蠶作。五馬如飛龍，青絲結金絡。不知誰家子，調笑來相謔。妾本秦羅敷，玉顏豔名都。綠條暎素手，採桑向城隅。使君且不顧，況復論秋胡。寒螿愛碧草，鳴鳳棲青梧。託心自有處，但徑旁人愚徒令白日暮高駕空踟躕。

(十二)古詩末句變韻法：一云滿底韻法

春思　李白

燕草如碧絲，秦桑低綠枝。當君懷歸日，是妾斷腸時。春風不相識，何事入羅幃？

此式依冰川詩式，支微本通用，不得謂變韻，然自有末句變韻法也。

(十三)古詩逐句韻，二韻一變法：

擬古東飛百勞西飛燕　李嶠

傳書青鳥迎簫鳳，巫嶺荊臺數通夢。誰家窈窕住園樓，五馬千金照陌頭。羅裙玉珮當軒出，點翠施紅競春日。佳人二八盛舞歌，羞將百萬呈雙蛾。庭前芳樹朝夕改，空駐妍華欲誰待！

(十四)古詩八句兩變韻，前後如兩絕句法：

軍中人日登高贈房明府　宋之問

幽郊昨夜陰風斷，頓覺朝來陽吹暖。涇水橋南柳欲黃，杜陵城北花應滿。長安昨夜寄春衣，短翮登茲一望歸。聞道凱旋乘騎入，看君走馬見芳菲。

(十五)古詩五句一變韻後用長短句變韻法：

白紵辭　李白

月寒江清夜沈沈，美人一笑千黃金。垂羅舞縠揚哀音，郢中白雪且莫吟，子夜吳歌動君心。動君心，冀君賞，願作天池雙鴛鴦，一朝飛去青雲上！

(十六)古詩重用韻法：

飲中八仙歌　杜甫

知章騎馬似乘船，眼花落井水底眠。汝陽三斗始朝天，道逢麴車口流涎，恨不移封向酒泉。左相日興費萬錢，飲如長鯨吸百川，銜杯樂聖稱避賢。宗之瀟灑美少年，舉觴白眼望青天，皎如玉樹臨風前。蘇晉長齋繡佛前，醉中往往愛逃禪。李白一斗詩百篇，長安市上酒家眠，天子呼來不上船，自稱臣是酒中仙。張旭三盃草聖傳，脫帽露頂王公前，揮毫落紙如雲烟。焦遂五斗方卓然，高談雄辯驚四筵。

此詩或四句一意，或三句一意，或二句或一句一意，任意單殺雙殺。重用三前字，三天字，二眠字，二船字韻，然不失體，此子美之妙處。

按一詩中重用韻非格，如曹子建美女篇用二難字，在唐以前，自沈約拘聲韻以來，不得重押韻，如任昉哭范僕射詩用二生字，如「夫子值狂生，千齡萬恨生。」猶是二義。如「猶我故人情，生死一交情，欲以遺離情。」三字皆一義。此外如焦仲卿妻詩，三韻六七用，一韻重用二十餘。謝康樂述祖德詩用二人字，王維上平田絕句用二田字，高適玉眞公主歌用二仙字。在沈約以前者不論，在沈約以後者皆非也。天廚禁臠謂平韻可重押，殆未之思矣。

（十七）古詩協韻法：　協韻離騷多用之，今錄古詩二首。

古詩（此式依冰川詩式）

客從遠方來，遺我一端綺。相去萬餘里，故人心尙爾。文綵雙鴛鴦，裁爲合歡被。著以長相思，緣以結不解。以膠投漆中，誰能別離此。（解字舉履協）

生年不滿百，常懷千歲憂。晝短苦夜長，何不秉燭游！爲樂當及時，何能待來茲！愚者愛惜費，但爲後世嗤。仙人王子喬，難可與等期。（憂字協音醫，游字協音夷）

（十八）古詩句法用韻變化法：

采蓮曲（滄浪謂古采蓮曲全不押韻，非此篇也。）　王勃採蓮歸，綠水芙蓉衣。秋風起浪鳧雁飛，桂棹蘭橈下長浦，羅裙玉腕輕搖櫓。葉嶼花潭極望平，江謳越吹相思苦。相思苦佳期不可駐，塞外征夫猶未還。江南採蓮今已暮，採蓮花，渠今那必盡娼家；官道城南把桑葉，何如江上採蓮花。蓮花復蓮花，花葉何稠疊，葉翠本羞眉，花紅强如頰，佳人不在茲，悵望別離時。牽花憐共蒂，折藕愛連絲，故情無處所，新物徒華滋。不惜西津交佩解，還羞北海雁書遲。采蓮歌有節，采蓮夜未歇；正逢浩蕩江上風，又値徘徊江上月。徘徊蓮浦夜相逢，吳姬越女何豐茸。共問寒江千里外，征客關山路幾重？

此詩兼長短句法，中間或押韻變韻，或不押韻，任意變化。

(十九)葫蘆韻法　葫蘆韻謂前少後多，前二後四。鄭谷與僧齊己、黃損等定此格，未之有詩。今錄太白詩一首以備格，未知然否？

獨酌清溪江石上寄權昭夷　李白

我攜一尊酒，獨上江渚石。自從天地開，更長幾千尺。舉盃向天笑，天回日西照。永願坐此石，長垂嚴陵釣。寄謝山中人，可與爾同調。

(二十)轆轤韻法：　轆轤韻有二：單轆轤者，單出單入，兩句換韻；雙轆轤者，雙出雙入，四句換韻。前人定此格式，未曾有詩。冰川詩式列李白一首爲雙轆轤式，今從之。

妾薄命　　李白

漢帝寵阿嬌，貯之黃金屋。咳唾落九天，隨風生珠玉。寵極愛還歇，妬深情卻踈。長門一步地，不肯暫迴車。雨落不上天，水覆難再收。君情與妾意，各自東西流。昔日芙蓉花，今成斷根草。以色事他人，能得幾時好！

（二十一）全篇皆平聲格：

夏日閑居　　陸龜蒙

荒池荷蒲深，閑居若苺平。江邊松篁多，人家簾櫳清。爲書凌遺編，調絃夸新聲。求懽雖殊途，探幽聊怡情。

（二十二）全篇皆仄聲格：　西清詩話曰『晏元獻守汝陰，梅聖俞往見之。將行，公置酒潁河上，因言古人章句中全用平聲，製字穩帖，如「枯桑知天風」是也。恨未見側字詩。聖俞既引舟，遂作五仄體寄公。』今錄爲式：

舟中　　梅堯臣

月出斷岸口影照別舸背且獨與婦飲，頗勝俗客對月。漸上我席，暝色亦稍退；豈必在秉燭，此景巳可愛。

(二十三)一句全平，一句全仄式：

雪詩（五平五仄）

春雲驕難同，朔雪若不足。寒聲驚人眠，脫色奪我目。龍鶖交橫飛，玉鱷兩滅沒。天閉先春花，地秉不夜燭。沙鷗湯翛翎，海鱷陸死骨。輕塵揚游絲，晴嚮遞折竹。空林炊烟遲，近市酒券促。平增江山清，厚滿澗壑欲。荒汙蒙包含，滕蜢賴斥逐。天心貽來牟，帝命走嶽瀆。歡呼馳黃童，瑞靄動白屋。行將登弦歌，豈止塞口腹。而予章縫儒，濫擁繻豸服。觀風聽民謠，稽首效華祝。休徵年年如，聖主萬萬福！

以上三式，或入律體中，今改入古體。

(二十四)雙聲疊韻式　參看後章論雙聲疊韻，此姑依冰川詩式列下二詩爲式：

雙聲溪上思　陸龜蒙

溪空唯容雲，木密不隕雨。迎漁隱映間，安問謳鴉櫓。

疊韻山中吟　陸龜蒙

瓊英輕明生，石脈滴瀝碧。玄鉛山偏憐，白幘客亦惜。

第三章　律詩

第一節　聲韻與律體之淵源

漢末雖已有反語；要至齊永明之際，始以四聲用於文章。是律體之淵源也。齊書陸厥傳曰：『永明末盛爲文章。吳興沈約、陳郡謝朓、瑯琊王融以氣類相推轂。汝南周顒善識聲韻；約等文皆用宮商，以平上去入爲四聲。以此制韻，不可增減。世呼爲永明體。』謝朓，王融並先卒，而沈約獨步梁世，爲一時宗匠；故談者皆謂聲律成於約。約嘗發其意於謝靈運傳論。當時陸厥（字韓卿，）致書與約辨之，而約亦有答書。觀此二書，可以見其旨趣矣。故今具錄之：

厥與約書曰：『范詹事自序：「性別宮商，識清濁；特能適輕重，濟艱難。古今文人，多不全了斯處；縱有會此者，不必從根本中來。」尚書亦云：「自靈均以來，此祕未覩。或闇與理合，匪由思至。張蔡曹王，曾無先覺；潘陸顏謝，去之彌遠。」大旨欲使宮羽相變，低昂舛節。若前有浮聲，則後須切響。一簡之內，音韻盡殊；兩句之中，輕重悉異。辭既美矣，理又善焉。但觀歷代衆賢，似不都闇此。而云此祕未覩，近於誣乎？案范云：「不從根本中來。」尙書云：「匪由思至。」斯可謂揣情謬於玄黃，摘句差其音律也。范又云：「時有會此者。」尙書云：「或闇與理合。」則美詠淸謳，有辭章調韻者，雖有差謬，亦有會合。推此以往，可得而言。夫思有合離，前哲同所不免。文有開塞，卽事不得無之。子建所以好人譏彈，士衡所以遺恨終篇。旣曰遺恨，非盡美之作，理可詆訶。君子執其詆訶，便謂合理爲闇，豈如指其合理而寄詆訶爲遺恨耶？自魏文屬論，深以淸濁爲言。劉楨奏書，大明體勢之致。岨峿妥帖之談，操末續顚之說；與玄黃於律呂，比五色之相宣。苟此祕未覩，茲論爲何所指邪？故愚謂前英已早識宮徵，但未屈曲指的若今論所申。至於掩瑕藏疾，合少謬多，則臨淄所云：「人之著述，不能無病」者也。非知之而不改，謂不改則不知。斯曹陸又稱「竭情多悔，不可力彊」者也。今許以有病有悔爲言，則必自知無悔無病之地。引其不了不合爲闇，何獨誣其一合一了之明乎？意者亦質文時異，古今好殊，將急在情物，而緩於章句。情物文之所急，美惡猶且相半；章句之意所緩，故合少而謬多。義在於斯，必非不知明矣。長門、上林，殆非一家之賦；洛神、池雁，便成二體之作。孟堅精整，詠史無虧於東主；平子恢富，羽獵不累於憑虛。王粲初征，他文未能稱是；楊脩敏捷，暑賦彌日不獻。牽意寡尤，則事促乎一日；翳翳愈伏，而理賒於七步。一人之思，遲速天懸；一家之文，工拙壤隔。何獨宮商律呂，必責其如一邪？論者乃可言未窮其致，不得言曾無先覺也。』

約答曰：『宮商之聲有五，文字之別累萬。以累萬之繁，配五聲之約，高下低昂，非思力所學；又非止若斯而已也。十字之文，顛倒相配，字不過十，巧歷已不能盡；何況復過於此者乎？靈均以來，未經用之於懷抱，固無從得其髣髴矣。若斯之妙，而聖人不尙，何邪？此蓋曲折聲韻之巧，無當於訓義，非聖哲立言之所急也。是以子雲譬之雕蟲篆刻，云壯夫不爲。自古辭人，豈不知宮羽之殊，商徵之別？雖知五音之異，而其中參差變動，所昧實多；故鄙意所謂此祕未覩者也。以此而推，則知前世文士，便未悟此處。若以文章之音韻，同絃管之聲曲，則美惡妍蚩，不得頓相乖反。譬猶子野操曲，安得忽有闡緩失調之聲？以洛神比陳思他賦，有似異手之作。故知天機啓，則律呂自調；六情滯，則音律頓舛也。士衡雖云炳若縟錦，寧有濯色江波，其中復有一片是衞文之服？此則陸生之言，卽復不盡者矣。韻與不韻，復有精麤，輪扁不能言，老夫亦不盡辨此。』

皎然詩評曰：『沈休文酷裁八病，碎用四聲，故風雅殆盡。後之才子，天機不高，爲沈生弊法所媚，憒然隨流，溺而不返。』然則自來皆以律體源於沈休文，古雖有美詩，而於字句清濁高下未諧。至休文以四聲八病律之，而後詩體趨於精密。接之以徐、庾、上官、沈、宋，益加藻麗綺錯。於是律詩遂爲美文之尤焉。然所謂八病，大抵自雙聲疊韻而變。韻語陽秋曰：『皮日休雜體詩序云：詩云：「蝃蝀在東。」又曰：「鴛鴦在梁。」雙聲起於此也。陸龜蒙詩序云：疊音起自梁武帝云：「後牖有朽柳。」當時侍從之臣皆唱和。劉孝綽云：「梁王長康强。」沈休文云：「偏眠船舷邊。」自後用此體作爲小詩者多矣。如王融所謂「園蘅炫紅蘤，湖荇燡黃華。」温庭筠所謂「棲息銷心象，簷楹溢豔陽。」皆效雙聲而爲之者也。陸龜蒙所謂「瓊英輕明生，石脈滴瀝碧。」皮日休所謂「康莊傷荒涼，土虜部伍苦。」皆效疊韻而爲之者也。南北朝人士，多喜作雙聲疊韻，如謝莊、羊戎、魏收、崔巖輩戲謔詼諧之語，往往載在史册，可得而考焉。』蔡寬夫詩話曰：『聲韻之興，自謝莊、沈約以來，其變日多。四聲中又別其清濁，以爲雙聲，一韻者以爲疊韻。蓋以輕重爲清濁爾。所謂「前有浮聲，則後須切響」是也。王融雙聲詩云：「園蘅炫紅蘤，湖荇燡黃華，迴鶴橫淮翰，遠越合雲霞。」以此求之可見。自唐以來，雙聲不復用，而疊韻間有：杜子美「卑枝低結子，接葉暗巢鶯。」白樂天「量大嫌甜酒，才高笑小詩」之類，皆因其語意所到，輒就成之要不以是爲工也。陸龜蒙輩，遂以皆用一音，引「後牖有朽柳，梁王長康強」爲始於梁武帝，不知復何據。所謂蜂腰鶴膝者，蓋又出於雙聲之變。若五字首尾皆濁音，而中一字清，卽爲蜂腰；首尾皆淸音，而中一字濁，卽爲鶴膝。』

學林新編曰：『南史謝莊傳曰：「王元謨問莊何者爲雙聲？何者爲疊韻？答曰：「互護爲雙聲，磝碻爲疊韻。」某按古人以四聲爲切韻，紐以雙聲疊韻，必以五音爲定。蓋謂東方喉聲爲木音，西方舌聲爲金音，南方齒聲爲火音，北方脣聲爲水音，中央牙聲爲土音也。雙聲者，同音而不同韻也；疊韻者，同音而又同韻也。互護同爲脣音，而二字不同韻，故謂之雙聲；磝碻同爲牙音，而二字又同韻，故謂之疊韻。若彷彿、熠燿、騏驥、慷慨、咿喔、霢霂，皆雙聲也；若侏儒、童蒙、崆峒、巃嵸、螳螂、滴瀝，皆疊韻也。廣韻曰：「章灼良略是雙聲；灼略、章良是疊韻。」又曰：「廳剔、靈歷是雙聲；剔歷、廳靈是疊韻。」舉此例則諸音皆如此，而紐之可以定矣。沈存中論詩之用字曰：「幾家村草裏，吹唱隔江聞。幾家、村草、吹唱、隔江，皆雙聲也。」某按村字是脣音，草字是齒音，吹字是脣音，唱字是齒音，此非同音字，不可謂之雙聲也。存中又曰：「月影侵簪冷，江光逼履淸。侵簪、逼履，皆疊韻也。」某按侵字是脣音，簪字是齒音，逼字是脣音，履字是舌音，既非同音字，而逼履二字又不同類，不可謂之疊韻也。某按李羣玉詩曰：「方穿詰曲崎嶇路，又聽鉤輈格磔聲。」詰曲、崎嶇，乃雙聲也；鉤輈、格磔，乃疊韻也。』此自來論雙聲疊韻之大略也。

困學紀聞引詩苑類格曰：『沈約曰：「詩病有八：平頭、上尾、蜂腰、鶴膝、大韻、小韻、旁紐、正紐。惟上尾、鶴膝，最忌，餘病亦通。』按梅堯臣續金針詩格，載八病甚詳，今錄之如下：

一、平頭　第一字不得與第六字同聲，第二字不得與第七字同聲。詩曰：『今日良宴會，歡樂難具陳。』今與歡同聲，日與樂同聲。一曰謂句首二字，並是平聲是犯。古詩：『朝雲晦初景，丹池晚飛雪。飄披聚還散，飛揚凝且滅。』

二、上尾　第五字不得與第十字同聲。詩曰：『西北有高樓，上與浮雲齊。』樓與齊同聲。一曰古詩『蕩子到娼家，秋庭夜月華；桂華侵雲長，輕雲逐漢斜。』內家字與華字同聲。是韻即不妨，若側聲是同上去入，即是犯也。

三、蜂腰　第二字不得與第五字同聲；所以兩頭大中心小，似蜂腰之形。詩曰：『遠與君別久，乃至雁門關。』與字并久字同聲。一曰古詩『尋至金門且言尋上苑春。』

四、鶴膝　第五字不得與十五字同聲；所以兩頭細中心麤，似鶴膝之形。詩曰：『新製齊紈素，皎潔如霜雪，裁爲合歡扇，團團似明月。』素字與扇字同聲。一曰古詩『陟野看陽春，登樓望初柳，綠池始沾裳，弱葉未映綬。』言春與裳字同是平聲，故曰犯。上去入亦然。

五、大韻　謂重疊相犯也。如五言詩以新字爲韻者，九字內更著津字人字等爲大韻也。詩曰：『胡姬年十五，春日獨當壚。』胡字與壚字同聲也。一曰謂二句中字與第十字同聲是犯。古詩『端坐苦愁思，攬衣起西游。』愁與游是犯也。

六、小韻　除第十字，九字中自有韻者是也。詩曰：『客子已乖離，那宜遠相送。』子已離宜字是也。一曰九字中有明字，又用淸字是犯。古詩『薄帷鑒明月，淸風吹我襟。』

七、傍紐　一句中已有月字，不得著元阮願字；此是雙聲，卽爲傍紐也。詩曰：『丈夫且安坐，梁塵將欲起。』丈梁之類，卽謂犯耳。一曰謂十字中有田字，又用寅延字是犯。古詩『田夫亦知禮，寅賓延上坐。』

八、正紐　如壬衽任入四字爲一紐，一句之中已有壬字，更不得安衽壬字。詩曰：『我本漢家女，來嫁單于庭。』家嫁是一紐之內名正雙聲。一曰謂十字中有元字，又有阮願月字是犯。古詩：『我本良家子，來嫁單于庭。』家與嫁字乃是犯也。

八病所拘太嚴，是以後人罕沿用，然於音韻可謂精矣。惟屬對之法，猶有所未極。齊梁時已競尙麗辭，文心雕龍嘗推麗辭始於易之文言，因明後來篇章之精於屬對，及論對法有四曰：『至於詩人偶章，大夫聯辭，奇偶適變，不勞經營。自揚馬張蔡，崇盛麗辭，如宋畫吳冶，刻形鏤法，麗句與深采並流，偶意共逸韻俱發。至魏晉羣才，析句彌密，聯字合趣，剖毫析釐。然契機者入巧，浮假者無功。故麗辭之體，凡有四對：言對爲易，事對爲難，反對爲優，正對爲劣。言對者，雙比空辭者也；事對者，並舉人驗者也；反對者，理殊趣合者也；正對者，事異義同者也。長卿上林云：「修容乎禮園，翱翔乎書圃。」此言對之類也。宋玉神女賦云：「毛嬙鄣袂，不足程式；西施掩面，比之無色。」此事對之類也。仲宣登樓云：「鍾儀幽而楚奏，莊舃顯而越吟。」此反對之類也。孟陽七哀云：「漢祖想枌榆，光武思白水。」此正對之類也。凡偶辭胸臆，言對所以爲易也；徵人之學，事對所以爲難也；幽顯同志，反對所以爲優也，並貴共心，正對所以爲劣也。又以事對各有反正，指類而求，萬條自昭然矣。張華詩稱「游雁比翼翔，歸鴻知接翮。」劉琨詩言「宣尼悲獲麟，西狩涕孔丘。」若斯重出，卽對句之駢枝也。是以言對爲美，貴在精巧；事對所先，務在允當；若兩事相配，而優劣不均，是驥在左驂，駑爲右服也。若夫事或孤立，莫與相偶，是夔之一足，踸踔而行也。若氣無奇類，文乏異采，碌碌麗新，則昏睡耳目。必使理圓事密，聯璧其章，迭用奇偶，節以雜佩，乃其貴耳。類此而思，理斯見也。』

皎然詩評曰：『或曰：「今人所以不及古者，病於麗詞。」予曰，不然。先正詩人時有麗詞：「雲從龍，風從虎，」非麗也。「昔我往矣，楊柳依依；今我來思，雨雪霏霏。」非麗耶?但古人後於語，先於意。』韻語陽秋曰：『選詩駢句甚多，如「宣尼悲獲麟，西狩涕孔丘；」「千叠集日夜，萬感盈朝昏；」「萬古陳往還，百代勞起伏；」「多士成大業，羣賢濟洪績」之類。』蔡寬夫詩話曰：『晉宋朝詩人，造語雖秀拔，然大抵上下句多出一意，如「魚戲新荷動，鳥散餘花落；」「蟬噪林逾靜，鳥鳴山更幽」之類，非不工矣，終不免此病。甚乃有一人名而分用之者：如劉越石「宣尼悲獲麟西狩涕孔丘；」謝惠連「雖好相如達，不同長卿慢」等語，若非前後相應映帶，殆不可讀，然要非全美也。唐初餘風猶未殄，陶冶至杜子美始淨盡矣。』

屬對之精，成於上官、沈、宋。上官儀詩體綺錯，士人爭效之，謂之上官體。其孫婉兒，武后時在宮中掌制誥。景龍以來，與諸學士倡和，一時風氣趨於輕麗。詩苑類格曰：『唐上官儀曰：「詩有六對：一曰正名對，天地對日月是也；二曰同類對，花葉草茅是也；三曰連珠對，蕭蕭赫赫是也；四曰雙聲對，黃槐綠柳是也；五曰疊韻對，彷徨放曠是也；六曰雙擬對，春樹秋池是也。」又曰：『詩有八對：一曰的名對，「送酒東南去，迎琴西北來」是也；二曰異類對，「風織池間樹，蟲穿草上文」是也；三曰雙聲對，「秋露香佳菊，春風馥麗蘭」是也；四曰疊韻對，「放蕩千般意，遷延一介心」是也；五曰聯綿對，「殘河若帶，初月如眉」是也；六曰雙擬對，「議月眉欺月，論花頰勝花」是也；七曰回文對，「情新因意得，意得逐情新」是也；八曰隔句對，「相思復相憶，夜夜淚沾衣，空嘆復空泣，朝朝君未歸」是也。』蓋至上官始詳論對法，至於沈宋以下而益精。元微之曰：『沈宋之流，研練精切，穩順聲勢，謂之律詩。由是而後，文體之變極焉。』又謂杜子美下該沈宋。沈宋在當時，時人爲語曰：『蘇李居前，沈宋比肩。』蘇李指蘇武李陵，蘇李創五言，而沈宋成律體。杜子美亦取沈宋，故其近體屬對雅切。夫既詳求之於聲韻，又精思之於對偶，是以唐律爲美文之至者也。

王應麟曰：『世稱倉頡造字，孫炎作音，沈約作韻，爲椎輪之始。』梁書沈約傳曰：「約撰四聲譜，以爲在昔詞人累千載而不悟，而獨得胸襟，窮其妙旨，自謂入神之作。』隋陸法言撰切韻在沈約後，當是本諸約作；而法言亦書亡。宋廣韻卷首，猶是陸法言撰本，長孫訥言箋注，則廣韻之二百六韻，即是法言之舊目也。及劉淵壬子新刊禮部韻略，始併廣韻二百六部爲一百七部，世謂之平水韻。元明以來用之。明洪武正韻，清佩文韻府，其分類皆依平水韻。韻法亦詩學之要，固通於古律體。今以廣韻及平水韻列表如下：

四聲韻目

平聲		上聲		去聲		入聲	
東	東	董	董	送	送	屋	屋
冬 鍾	冬	腫	腫	宋 用	宋	沃 燭	沃

江	支脂之	微	魚	虞模	齊	佳皆	灰咍		眞諄臻	文殷
江	支	微	魚	虞	齊	佳	灰		眞	文
講	紙旨止	尾	語	麌姥	薺	蟹駭	賄海		軫準	吻隱
講	紙	尾	語	麌	薺	蟹	賄		軫	吻
絳	寘至志	未	御	遇暮	霽祭	泰	卦怪夬	隊代廢	震稕	問焮
絳	寘	未	御	遇	霽	泰	卦	隊	震	問
覺	質術櫛	物迄								
覺	質	物								

元	寒	刪	先	蕭	肴	豪	歌	麻	陽	庚	青
元痕魂	寒歡	刪山	先仙	蕭宵	肴	豪	歌戈	麻	陽唐	庚耕清	青

阮	旱	潸	銑	篠	巧	皓	哿	馬	養	梗	迥
阮混很	旱緩	潸產	銑獮	篠小	巧	皓	哿果	馬	養蕩	梗耿靜	迥

願	翰	諫	霰	嘯	效	號	箇	禡	漾	敬	徑
願慁恨	翰換	諫襉	霰線	嘯笑	效	號	箇過	禡	漾宕	敬諍勁	徑

月	曷	黠	屑	藥	陌	錫
月沒	曷沒	黠鎋	屑薛	藥鐸	陌麥昔	錫

蒸登—蒸	拯等—拯	證嶝—證	職德—職
尤侯幽—尤	有厚黝—有	宥候幼—宥	
侵—侵	寑—寑	沁—沁	緝—緝
覃談—覃	感敢—感	勘闞—勘	合盍—合
鹽添嚴—鹽	琰忝儼—琰	豔㮇釅—豔	葉帖業—葉
咸銜凡—咸	豏檻范—豏	陷鑑梵—陷	洽狎乏—洽
廣韻五十七部	廣韻五十五部	廣韻六十部	廣韻三十四部
平水韻三十部	平水韻二十九部	平水韻三十部	平水韻十七部

合計　廣韻二百六部
　　　平水韻一百六部

詩經及騷賦，未嘗無韻；然有韻譜則自沈約以來。詩人亦多用古韻者，律體則大半從今韻也。

第二節　句法

律詩句法，尤爲切要。故自來論句法者多屬律詩；以其須屬對精實，音調鏗鏘，雖一字亦不可苟也。梅堯臣金針詩格曰：『命題屬意，如有神助，歸於自然之句；命題立意，援筆立成，歸於容易之句；命題用意，求之不得，歸於苦求之句。』又方回言學詩『於前輩得八句法；平淡不流於淺俗；奇古不鄰於怪僻；題詠不窘於物象；敘事不病於聲律；比興深者通物理；用事工者如己出；格見於成篇，渾然不可鐫；氣出於言外，浩然不可屈。盡心於詩，守此勿失。』此總論句法者也。今特就五七言句法，分別選句於下爲式：

（甲）五言練句法

五言詩以第三字爲眼，古人練字，只于句眼上練。五言詩第三字要響，列式如下：

詩眼用實事式（詩眼用實事方得句健）　星河秋一雁，砧杵夜千家。　行雲星隱見，疊浪月光芒。

詩眼用響字式　芹泥隨燕嘴，花蕊上蜂鬚。　孤燈然客夢，寒杵搗鄉愁。

練字次第式　紅入桃花嫩，青歸柳葉新。（此練第二字）　地折江帆穩，天清木葉開。（此練第五字）

詩眼用拗字式　掬水月在手，弄花香滿衣。孤鳥背秋色，遠帆開浦煙。

子母字粧句式　竹疎煙補密，梅瘦雪添肥。曉荷重映晚，秋草碧于春。

句中自對式　桑麻深雨露，燕雀半生成。江流天地外，山色有無中。

巧對式　紙鳶飛恰穩，秧馬水新肥。行看子城過，卻望女牆遙。

交股對式　軸轤爭利涉，來往接風潮。野老就耕去，荷鋤隨牧童。

借字對式　住山今十載，明日又還居。卷簾黃葉下，鎖印子規啼。

錯綜句式　舞鑑鸞窺沼，行天馬渡橋。野禽啼杜宇，山蝶夢莊周。

折腰句式　野店寒無客，風巢動有禽。（二字折腰）似梅花落地，如柳絮因風。（三字折腰）

疊字次第句式　納納乾坤大，行行郡國遙。野日荒荒白，江流泯泯清。

兩句一意式　如何青草裏，也有白頭翁。忽聞哀痛詔，又下聖明朝。（即十字句法，當于頷聯用之）

引用經史句式　山如仁者靜，風似聖之清。日暮于誰屋，天寒陟彼岡。

虛字粧句式（貴輕清忌輭弱）　且然聊爾可，得也自知之。落時猶自舞，掃後更聞香。

押虛字句式　再游應眷眷，聊亦寄吾曾。人生重義氣，出處夫豈徒。

連珠句式　百年雙白髮；一別五秋螢。遠山芳草外，流水落花中。

上接下下接上句式　野曠天低樹，江清月近人。石梁高瀉月，樵路細侵雲。

上下連接句式　落日下平楚，孤煙生洞庭。波光搖海月，星影入城樓。

上接下句式　金波麗鳷鵲，玉繩低建章。曉雲僧衲潤，殘月客帆明。

下連上句式　卷幔來風遠，移牀得月多。水涵天影闊，山拔地形高。

雙句有聲式　霜猿啼曉夢，巖鳥和秋吟。秋風吹渭水，落葉滿長安。

雙句無聲式　孤舟依岸靜，獨鳥向人閑。流年川暗度，往事月空明。

有聲對無聲式　興闌啼鳥換，坐久落花多。山虛風落石，樓靜月侵門。

無聲對有聲式　音書新雁斷，機杼夜蛩催。澄潭寫度鳥，空嶺應鳴猿。

雙句俱動式　浴鳧含藻戲，驚鷺帶魚飛。鏡好鸞空舞，簾疎燕誤飛。

雙句俱靜式　竹裏柴扉掩，庭前鳥雀行。蕭散煙霞晚，淒清天地秋。

動中有靜式　聽錫樵停斧，窺禪鳥立槎。雲穿搗藥屋，雪壓釣魚船。

靜中有動式　古木花猶發，荒臺雨尚懸。庭閑花自落，門閉水空流。

健句　壯節初題柱，生涯獨轉蓬。　獨鶴歸何晚，昏鴉已滿枝。

新句　小桃初謝後，燕子恰來時。　微月初三夜，新蟬第一聲。

淸句　月生初學扇，雲細不成衣。　粉牆猶竹色，虛閣自松聲。

偉句　蓋海旗幢出，連天觀閣開。　壁壘依寒草，旌旗動夕陽。

麗句　御鞍金騕褭，宮硯玉蟾蜍。　舞鬟金翡翠，歌頸玉蠐螬。

豪句　虹截半江雨，風驅大澤雲。　太液天爲水，蓬萊雲作山。

刻意句　露菊斑豐鎬，秋蔬影澗瀍。　墜露淸金閣，流螢點玉除。

自在句　只因松上鶴，便是洞中人。　共看今夜月，獨作異鄉人。

意欲圓句　霄漢愁高鳥，泥沙困老龍。　草枯鷹眼疾，雪盡馬蹄輕。

格欲高句　花枝臨太液，燕語入披香。　無瑕勝似玉，至潔過于冰。

聲律爲竅句　別來頭併白，相見眼終青。　花濃春寺靜，竹細野池幽。

物像爲骨句　雷霆驅號令，星斗煥文章。　露濃金掌重，天近玉繩低。

意格爲髓句　勳業頻看鏡，行藏獨倚樓。　感時花濺淚，恨別鳥驚心。

凡琢對之法，先須作三字對或四字對起，然後粧排成句，不可逐句思量，卻似對偶，不成作手。或二字對起亦可。用字用事，又不可用俚語及偏方之言。凡摘用古經傳史書字樣，集成聯對，務要求一相當語言。二字如眉語、目成，三字如白虎觀、碧雞坊，四字如高鼻胡人、平頭奴子，推類可知。

（乙）七言練句法

七言律詩，以第五字爲句眼；古人練句，亦惟從句眼上著意。句眼字練，則句自精神也。仍用前法列式如下：

詩眼用實事式　雪意未成雲著地，秋聲不斷雁連天。　朝登劍閣雲隨馬，夜渡巴江雨洗兵。

詩眼用響字式　返照入江翻石壁，歸雲擁樹失山村。　平地風煙橫白鳥，半山雲木卷蒼藤。

練字次第式　露灑旌旗雲外出，風迴岩岫雨中移。（練第二字）　芳草伴人還易老，落花隨水亦東流。（練第三字）　秋後見飛千里雁，月中聞搗萬家衣。（練第四字）　宮闕星河低拂柳，殿庭

燈燭上薰天。（練第六字）

詩眼用拗字式　殘星數點雁橫塞，長笛一聲人倚樓。驥雖老去壯心在，鶴縱病來仙骨清。

拗句換字式（其法或二四皆平或仄或六四皆平或仄或三字一連皆平或仄或當平處以仄聲易之）　沙上草閣柳新暗，城邊野池蓮欲紅。一雙白魚不受釣；三寸黃柑猶自青。

子母字粧句式　社日雨多晴較少，春風晚暖雨猶晴。曲風吹巷涼偏動；圓月窺窗影卻方。

句中自對式　小院迴廊春寂寂，浴鳧飛鷺晚悠悠。白頭青鬢有存沒，落日斷霞無古今。

巧對式　半世功名一雞肋，平生道路九羊腸。愁心別後無詩草，病眼燈前有醉花。

交股對式　春深葉密花枝少，睡起茶多酒盞疎。影遭碧水潛勾引，風妬紅花卻倒吹。

借字對式　高柳夕陽過古巷，菊花梨葉滿荒渠。眼昏長訝雙魚影，耳熱何辭數爵頻。

錯綜句式　紅稻啄餘鸚鵡粒，碧梧棲老鳳凰枝。林下聽經秋苑鹿，溪邊掃葉夕陽僧。

折腰句式　鸚鵡杯且酌清濁，麒麟閣懶畫丹青。（上三字下四字）　靜愛僧時來野寺，獨尋春處

過溪橋。上五字下二字　永夜角聲悲自語，中天月色好誰看。上五字下二字

疊字次第句式　漠漠水田飛白鷺，陰陰夏木囀黃鸝。遠樹依依如送客，平田渺渺獨傷春。無邊落木蕭蕭下，不盡長江滾滾來。信宿漁人還泛泛，清秋燕子故飛飛。

兩句一意式　自攜瓶去沽村酒，卻著衫來作主人。世上豈無千里馬，人間難得九方皋。

此卽十四字句法宜于頷聯用之

引用經史句式　夜如何其斗初落，歲云暮矣天無情。盃酒英雄君與操，文章微婉我合丘。

虛字粧句式　君有問焉非所欲，老無知者始爲眞。更爲後會知何地，忽漫相逢是別筵。

押虛字句式　曾問遺俗卽存者，豈若吾身親見之。外不自持如醉者，中無他歉若羞然。

連珠句式　疊嶂懸流平地起，危樓曲閣半天開。積水長天迷遠客，荒城極浦足寒雲。

上下相接句式　風傳鼓角霜侵戟，雲捲笙歌月上樓。三春月照千山路，十日花開一夜風。

有聲對無聲式　風引漏聲來枕上，月移花影到窗前。睡輕可忍風敲竹，飲散那堪月

在花。

無聲對有聲式　蒼苔路熟僧歸寺，紅葉聲乾鹿在林。一溪晚綠浮鸂鶒，萬樹春紅叫杜鵑。

變句有聲式　羌管一聲何處曲，流鶯百囀最高枝。深秋簾幕千家雨，落日樓臺一笛風。

先動後靜句式　野蒿自發空臨水，社燕春歸不見人。綠竹挂衣深處歇，風清展簟困時眠。

先靜後動句式　放魚池涸蛙爭聚，棲燕梁空雀自喧。簾箔可垂嫌隔燕，釣竿慵把恐驚魚。

健句　陳兵劍閣山將動，飲馬珠江水不流。汴水波濤喧鼓角，隋隄楊柳掛旌旗。

新句　淑氣初銜梅色淺，條風半拂柳墻新。百草香心初罥蝶，千林嫩葉始藏鶯。

淸句　留連戲蝶時時舞，自在嬌鶯恰恰啼。蝴蝶夢中家萬里，子規枝上月三更。

偉句　文移北斗成天象，酒遞南山作壽杯。雲頭灩灩開金餅，水面沈沈臥彩虹。

麗句　歌遶畫梁珠宛轉，舞嬌春席雪朦朧。粧樓翠幌教春住，舞閣金鋪借日懸。

豪句　伯仲之間見伊呂，指揮若定失蕭曹。　帆飛楚國風濤闊，馬渡藍關雨雪多。

刻意句　暗香惹步澗花落，晚影逼簾溪影迴。　野寺山邊斜有徑，漁家竹裏半開門。

自在句　挂冠傲吏垂綸坐，絕粒高僧擁衲眠。　老鶴巢邊松最古，毒龍藏處水偏清。

意欲圓句　春水船如天上坐，老年花似霧中看。　短短桃花臨水岸，輕輕柳絮點人衣。

格欲高句　織女機絲虛夜月，石鯨鱗甲動秋風。　周宣漢武今王是，孝子忠臣後代看。

聲律爲竅句　胡騎中宵看北走，武陵一曲想南征。　殘星數點雁橫塞，長笛一聲人倚樓。

物象爲骨句　旌旗日暖龍蛇動，宮殿風微燕雀高。　花明劍佩星初落，柳拂旌旗露未乾。

意格爲髓句　艱難苦恨繁霜鬢，潦倒新停濁酒杯。　楚水晚涼催客早，杜陵秋思傍蟬多。

夫詩貴練句尙矣，統貫聯屬，意與格實主之，故諧會五音，清便宛轉，宮商迭奏，金石相宣，謂之聲律。寫景摹象，巧奪天眞，探索幽微，妙與神會，謂之物象。苟無意與格以主之，雖藻詞麗句無取也。要在意圓格高，穠纖具備，句老而字不俗，理深而意不雜，才縱而氣不怒，言簡而事不晦，識超古今，思入玄妙，方爲作者。故今論五七言律詩句法，並于其後列意格等句式，可以觀焉。

第三節　律詩實用格式

甲、五言絕句格式

(一)五言絕句平韻式

觀放白鷹(首句用韻)　李白

八月邊風高胡鷹白錦毛。孤飛一片雪，百里見秋毫。

憶東山(此詩首句末以仄字起平韻)　李白

不向東山久，薔薇幾度花；白雲還自散，明月落誰家？

魏宮詞(此詩首句末以平字起平韻)　崔國輔

朝日照紅粧，擬上銅雀臺；畫眉猶未了，魏帝使人催。

(二)五言絕句仄韻式

江雪(首句用韻)　柳宗元

千山鳥飛絕，萬徑人蹤滅。孤舟蓑笠翁，獨釣寒江雪。

怨詞（此詩首句末以平字起仄韻）　崔國輔

妾有羅衣裳，秦王在時作；爲舞春風多，秋來不堪著。

竹里館（此詩首句末以仄字起仄韻）　王維

獨坐幽篁裏，彈琴復長嘯；深林人不知，明月來相照。

（三）五言絕句平仄正格　凡以第二字仄入，昔人謂之正格。

武侯廟　杜甫

遺廟丹青落，空山草木長。猶聞辭後主，不復臥南陽。

（四）五言絕句平仄偏格　凡以第二字平入，昔人謂之偏格。

秋朝覽鏡　薛稷

客心驚落木，夜坐聽秋風。朝日看客鬢，生涯在鏡中。

（五）失粘格

贈喬侍御（第三句失粘）　陳子昂

漢庭榮巧宦，雲閣薄邊功。可憐驄馬使，白首爲誰雄？

（六）拗句格　五言絕句古多貴拗律。

同羣公題張處士菜園　高適

耕地桑柘間，地肥菜常熟。內問葵藿資，何如廟堂內？

（七）各爲平仄格

鹿柴（前二句並平起後二句並仄起）　王維

空山不見人，但聞人語響。返景入深林，復照青苔上。

（八）四句平仄不變格

孟城坳　裴迪

結廬古城下，時登古城上；古城非疇昔，今人自來往。

（九）前二句平仄不變格

蟬　虞世南

垂緌飲清露，流響出疎桐。居高聲自遠，非是藉秋風。

（十）後二句平仄不變格

洛陽道　儲光羲

洛水春冰開，洛城春樹綠。朝看大道上，落花亂馬足。

乙、七言絕句格式

(一)七言絕句平韻式

九月九日詠懷　盧照鄰

九月九日眺山川，歸心歸望積風煙。他鄉共酌黃花酒，萬里同悲鴻雁天。

(二)七言絕句仄韻式

尋山家　長孫佐輔

獨訪山家歇還涉，茅屋斜連隔松葉；主人聞語未開門，繞籬野菜飛黃蝶。

(三)七言絕句後三句一韻式

入關先寄秦中故人　岑參

秦山數點似青黛，渭水一條如白練。京師故人不可見，寄將兩眼看飛燕。

(四)七言絕句平仄正格　其法與五言絕句同。

苑中遇雪應制　宋之問

紫禁仙輿詰旦來，青旂遙倚望春臺；不知庭霰今朝落，疑是林花昨夜開。

（五）七言絕句平仄偏格　其法與五言絕句同。

逢入京使　岑參

故園東望路漫漫，雙袖龍鍾淚不乾。馬上相逢無紙筆，憑君傳語報平安。

（六）失粘格

泛洞庭（第三句失粘）　張說

平湖一望上連天，秋景千尋下洞泉；忽驚水上江華滿，疑是乘舟到日邊。

（七）拗句格　其法以當下平字處，以仄字易之，則其氣挺然不羣，此體始于李太白杜子美。

登廬山五老峯　李白

廬山東南五老峯，青天削出金芙蓉；九江秀色可攬結，吾將此地巢雲松。

（八）各爲平仄格　其法前二句皆平或仄，後二句皆仄或平。

過燕支寄杜位　岑參

燕支山西酒泉道，北風吹沙卷白草；長安遙在日光邊，憶君不見令人老。

(九)四句平仄不變格

秋山　張籍

秋山無雲復無風，溪頭看月出深松；草堂不閉石牀靜，葉間墜露聲重重。

(十)前二句平仄不變格

送劉判官赴磧西　岑參

火山五月行人少，看君馬去疾如鳥；都使行營太白西，角聲一動胡天曉。

(十二)後二句平仄不變格

竹枝詞　劉禹錫

日出三竿春霧銷，江頭蜀客駐蘭橈；憑寄狂夫書一紙，家住成都萬里橋。

丙、五言律格式　五言律貴字字平仄諧和，失粘失律，皆不合律。然唐人詩亦有數格，今錄之。

(一)五言律平韻式

臨洞庭(此詩首句用韻其首句不用韻者入下正格)　孟浩然

八月湖水平，涵虛混太淸。氣蒸雲夢澤，波撼岳陽城。欲濟無舟楫，端居恥聖明。坐觀垂釣者，徒有羨魚情。

(二)五言律仄韻式

五言律仄韻，唐人作者最少。姚合極玄集中，有僧靈一一首，錄以備體。

西霞山夜坐　靈一

山頭成壇路，幽映雲巖側。四面靑石牀，一峯苔蘚色。松風靜復起，月影開還黑。何獨乘夜來，殊非盡所得。

按陳子昂酬暉上人夏日林泉詩，以古體爲律體，亦是仄韻也。其詩曰：『聞道白雲居，窈窕靑蓮宇，巖泉萬丈流，樹石千年古。林臥對軒窗，山陰滿庭戶，方釋塵事勞，從君襲蘭杜。』

(三)五言律平仄正格

春夜喜雨　杜甫

好雨知時節，當春乃發生。隨風潛入夜，潤物細無聲。野徑雲俱黑，江船火獨明。曉看經濕處，花重錦官城。

(四)五言律平仄偏格

題李疑幽居　賈島

閑居少鄰並，草徑入荒園。鳥宿池邊樹，僧敲月下門。過橋分野色，移石動雲根。暫去還來此，幽期不負言。

(五)五言律變格

此法與正律相反，首尾自爲平仄，謂之變律。

題鄭家隱居　唐求

不信最清曠，及來愁已空。數點石泉雨，一溪霜葉風。業在有山處，道歸無事中。酌盡一杯酒，老夫顏亦紅。

(六)失粘格

早春桂林殿應詔（頷聯失粘）　陳叔達

金鋪照春色，玉律動年華。朱樓雲似蓋，丹桂雪如花。水岸銜階轉，風條出柳斜。輕輿臨太液，湛露酌流霞。

侍宴歸雁堂（頷聯頸聯失粘）　虞世南

歌堂面綠水，舞館接金塘。竹開霜後翠，梅動雪花香。鳧歸初命侶，雁起欲分行。刷羽同棲集，懷恩愧稻粱。

白下驛餞唐少府（頸聯失粘格）　王勃

下驛窮交日，昌亭旅食年。相知何用早，懷抱卽依然。浦樓低晚照，鄉路隔風煙；去去如何道，長安在日邊。

折楊柳（頷聯末聯失粘）　盧照鄰

倡樓起曙扉，楊柳正依依。鶯啼知歲隔，條變識春歸。露葉凝愁黛，風花落舞衣。攀折將安寄，軍中音信稀。

散關晨度（末聯失粘）　王勃

關山陵旦開，石路無塵埃。白馬高談去，青牛眞氣來。重門臨巨壑，連棟起崇隈。卽今揚策度，非是棄繻回。

(七)五言律重韻

送客（重二生字）　陳子昂

故人洞庭去，楊柳春風生。相送河洲晚，蒼茫別思盈。白蘋已堪把，綠芷復含榮。江南多桂樹，歸客贈平生。

丁、七言律格式

(一)七言律平韻式（此與正格同）

和賈至舍人早朝大明宮之作　王維

絳幘雞人報曉籌，尚衣方進翠雲裘。九天閶闔開宮殿，萬國衣冠拜冕旒。日色纔臨仙掌動，香煙欲傍袞龍浮。朝罷須裁五色詔，珮聲歸向鳳池頭。

(二)七言律仄韻式　七言仄韻作者最少，高適一首，舊在古詩。冰川詩式錄入律體，今從之。

九月九日酬顏少府　高適

簷前白日應可惜，籬下黃花爲誰有。行子迎霜未授衣，主人得錢始沽酒。蘇秦憔悴時多厭，蔡澤悽惶世看醜。縱使登高只斷腸，不如獨坐空搔首。

(三)七言律平仄正格

九日藍田崔氏莊　杜甫

老去悲秋强自寬，興來今日盡君歡。羞將短髮還吹帽，笑倩旁人爲正冠。藍水遠從千澗落，玉山高並兩峯寒。明年此會知誰健，醉把茱萸子細看。

(四)七言律平仄偏格

行經華陰　崔顥

岧嶢太華俯咸京，天外三峯削不成。武帝祠前雲欲散，仙人掌上雨初晴。河山北枕秦關險，驛樹西連漢畤平。借問路傍名利客，何如此處學長生？

(五)七言律變格(自爲平仄)

使君席夜送嚴河南赴長水　岑參

嬌歌急管雜青絲，銀燭金杯映翠眉。使君地主能相送，河尹天明坐莫辭。春城月出人皆醉，野戍花深馬去遲。寄聲報爾山翁道，今日河南勝昔時。

（六）失粘格　律詩有定體，然時出變化，如用兵出奇，故失粘詩自來亦引爲格式也。

卜居（引韻失粘）　杜甫

浣花溪水水西頭，主人爲卜林塘幽。已知出郭少塵事；更有澄江銷客愁。無數蜻蜓齊上下，一雙鸂鶒對沈浮。東行萬里堪乘興，須向山陰上小舟。

詠懷古跡（第二聯失粘）　杜甫

搖落深知宋玉悲，風流儒雅亦吾師。悵望千秋一灑淚；蕭條異代不同時。江山故宅空文藻；雲雨荒臺豈夢思！最是楚宮俱泯滅，舟人指點到今疑。

仲夏嚴公枉駕（第三聯失粘）　杜甫

竹裏行廚洗玉盤，花邊立馬簇金鞍。非關使者徵求急，自識將軍禮數寬。百年地僻柴門迴，五月江深草閣寒。看弄漁舟移白日，老農何有罄交歡。

哭呂衡州（第四聯失粘）　柳宗元

衡嶽新摧天柱峯，士林憔悴泣相逢。祇令文字傳青簡，不使功名上景鐘。三畝空留懸磬室，九原猶寄若堂封。遙想荊州人物論，幾回中夜惜元龍。

出塞作(第二第三聯失粘)　　李　憕

居延城外獵天驕，白草連天野火燒。暮雲空磧時驅馬，秋日平原好射鵰。護羌校尉朝乘障，破虜將軍夜度遼。玉靶角弓珠勒馬，漢家將賜霍嫖姚。

所思(第三第四聯失粘)　　杜　甫

苦憶荊州醉司馬，謫官尊酒定常開。九江日落醒何處，一柱觀頭眠幾回。可憐懷抱向人盡，欲問平安無使來。故憑錦水將雙淚，好過瞿塘灩澦堆！

奉和初春幸太平公主南莊應制(第二第四聯失粘)　　趙彥昭

主第巖扃架鵲橋，天門閶闔降鸞鑣。歷亂旌旗轉雲樹，參差臺榭入煙霄。林間花雜平陽舞，谷裏鶯和弄玉簫。已陪泌水追歡日，行奉茅山訪道朝。

(七)拗句格

題省中院壁　　杜　甫

掖垣竹埤梧十尋，洞門對雪常陰陰。落花游絲白日靜；鳴鳩乳燕青春深。腐儒衰晚謬通籍；退食遲回違寸心。袞職曾無一字補，許身媿比雙南金。

（八）七言律上下句各用韻式　此詩出於唐末，上下句平仄各押韻，當時謂之變體，不足爲法，姑備一格。

即事　章碣

東南路盡吳江畔，正是窮愁暮雨天。鷗鷺不嫌斜雲岸，波濤欺得送風船。偶逢島寺停帆看，深羨漁翁下釣眠。古今若論英達算，鴟夷高興故無邊。

右所舉格式，僅在其平仄用韻之變化，固但屬於形式；至於詩之神理，非止一端，不可立一格以繩之也。凡言格式之書，惟能與人以規矩，不能使人巧；此亦神而明之，存乎其人者矣。

中華語文叢書

詩學指南

1912

作　　者／謝无量 編
主　　編／劉郁君
美術編輯／本局編輯部

出 版 者／中華書局
發 行 人／張敏君
副總經理／王銘煌
地　　址／11494 台北市內湖區舊宗路二段181巷8號5樓
客服專線／02-8797-8900　　　傳　　真／02-8797-8990
網　　址／www.chunghwabook.com.tw
匯款帳號／華南商業銀行　西湖分行
179-10-002693-1　中華書局股份有限公司

法律顧問／安侯法律事務所
製版印刷／經典數位印刷有限公司 海瑞印刷品有限公司
出版日期／2018年5月台六版
版本備註／據1981年7月台五版復刻重製
定　　價／NTD 200

國家圖書館出版品預行編目（CIP）資料

詩學指南 / 謝无量 編. -- 台六版. -- 臺北市：
中華書局, 2019.03
面； 公分. --(中華語文叢書)

ISBN 978-957-8595-34-7(平裝)
1.詩律 2.詩法

821.1　　107004935

NO.H2040
ISBN 978-957-8595-34-7（平裝）